Legenden vom Rübezahl

RUBEZAHL AND THE PRINCESS

Johann Karl August Musäus

Legenden vom
Rübezahl

Mit Bildern von Ludwig Richter,
Max Slevogt und Wilhelm Stumpf

Klassiker für Bewusstseinsbezogene Bildung
Alfa-Veda

Erstveröffentlichung:
Johann Karl August Musäus
Volksmährchen der Deutschen, Band 2, Leipzig 1783

Für Leser von heute bearbeitet und
mit ausführlichem Glossar versehen von Jan Müller
Satz und Coverdesign mit einem Bild von Wilhelm Stumpf: Jan Müller

Druck und Bindung: Books on Demand GmbH, Norderstedt
Alfa-Veda Verlag, Oebisfelde 2022
www.alfa-veda.com

ISBN 978-3-945004-08-1

Inhalt

Woher der Name Rübezahl kommt

uf den oft besungenen Sudeten haust der
berufene Berggeist, Rübezahl genannt, der das Riesengebirge berühmt gemacht hat. Dieser Fürst
der Gnomen besitzt zwar auf der Oberfläche der

Erde nur ein kleines Gebiet, von wenigen Meilen im Umfang, mit einer Kette von Bergen umschlossen. Aber unter der urbaren Erdrinde hebt seine Alleinherrschaft an und erstreckt sich auf achthundertsechzig Meilen in die Tiefe, bis zum Mittelpunkt der Erde. Zuweilen beurlaubt er sich aller unterirdischen Regierungssorgen, erhebt sich zur Erholung auf die Grenzfeste seines Gebiets und hat sein Wesen auf dem Riesengebirge, treibt da sein Spiel und Spott mit den Menschenkindern wie ein froher Übermütiger, der, um einmal zu lachen, seinen Nachbarn zu Tode kitzelt.

Freund Rübezahl ist geartet wie ein Kraftgenie, launisch und ungestüm, sonderbar bengelhaft, roh und unbescheiden; stolz, eitel, wankelmütig, heute der wärmste Freund, morgen fremd und kalt; zuzeiten gutmütig, edel und empfindsam; aber mit sich selbst in stetem Widerspruch, albern und weise, schalkhaft und bieder, störrisch und beugsam.

Von uralten Zeiten her toste Rübezahl schon im wilden Gebirge, hetzte Bären und Auerochsen aufeinander, dass sie zusammen kämpften, oder scheuchte mit grausigem Getöse das scheue Wild vor sich her und stürzte es von den steilen Felsenklippen hinab ins tiefe Tal. Dieser Jagden müde, zog er wieder seine Straße durch die Regionen der Unterwelt und weilte da Jahrhunderte, bis ihn von neuem die Lust anwandelte, sich an die Sonne zu legen und den Anblick der äußeren Schöpfung zu genießen.

Wie nahm's ihn wunder, als er einst bei seiner Rückkehr, von dem beschneiten Gipfel des Riesengebirges umherschauend, die Gegend ganz verändert fand! Die düsteren undurchdringlichen Wälder waren ausgehauen und in fruchtbares Ackerland verwandelt, wo reiche Ernten reiften. Zwischen den Pflanzungen blühender Obstbäume ragten die Strohdächer geselliger Dörfer hervor, aus deren Schlot friedlicher Hausrauch in die

Luft wirbelte; hier und da stand eine einsame Warte auf dem Abhang eines Berges zu Schutz und Schirm des Landes.

Die Neuheit der Sache und die Annehmlichkeit des ersten Anblicks ergötzten den verwunderten Territorialherrn so sehr, dass er über die eigenmächtigen Pflanzer nicht unwillig ward, noch sie in ihrem Tun und Wesen zu stören begehrte, sondern sie ruhig im Besitz ihres angemaßten Eigentums ließ, wie ein gutmütiger Hausvater unter seinem Obdach der geselligen Schwalbe oder selbst dem überlästigen Spatz Aufenthalt gestattet. Er war sogar nicht abgeneigt, mit den Menschen Bekanntschaft zu machen und mit ihnen Umgang zu pflegen.

Er nahm die Gestalt eines rüstigen Ackerknechtes an und verdingte sich bei dem ersten besten Landwirt. Alles was er unternahm, gedieh wohl unter seiner Hand, und Rips, der Ackerknecht, war für den besten Arbeiter im Dorfe bekannt. Aber sein Brotherr war ein Prasser und Schlemmer, der ihm für seine Mühe und Arbeit wenig Dank wusste; darum schied er von ihm und kam zu dessen Nachbar, der ihm seine

Schafherde unterstellte. Die Herde gedieh gleichfalls unter seiner Hand und mehrte sich, kein Schaf stürzte vom Felsen herab und brach sich das Genick, und keines zerriss der Wolf.

Aber sein Brotherr war ein karger Filz, der seinen treuen Knecht nicht lohnte, wie er sollte; denn er stahl den besten Widder aus der Herde und kürzte dafür den Hirtenlohn. Darum entlief er dem Geizhals und diente dem Richter als Herrenknecht, ward die Geißel der Diebe und frönte der Justiz mit strengem Eifer. Aber der Richter war ein ungerechter Mann, beugte das Recht, richtete nach Gunst und spottete der Gesetze. Weil Rips nun nicht das Werkzeug der Ungerechtigkeit sein wollte, sagte er dem Richter den Dienst auf und ward in den Kerker geworfen, aus dem er jedoch auf dem gewöhnlichen Wege der Geister, durchs Schlüsselloch, leicht einen Ausweg fand.

Dieser erste Versuch, das Studium der Menschenkunde zu treiben, konnte ihn unmöglich zur Menschenliebe erwärmen; er kehrte mit Verdruss auf seine Felsenzinne zurück, überschaute von da die lachenden Gefilde und wunderte sich, dass die Mutter Natur ihre Spenden an solche Brut verlieh. Desungeachtet wagte er noch eine Ausflucht ins Land fürs Studium der Menschheit, schlich unsichtbar herab ins Tal und lauschte in Busch und Hecken.

Da stand vor ihm die Gestalt eines reizvollen Mädchens, lieblich anzuschauen, denn sie stieg eben ins Bad. Rings um sie hatten sich ihre Gespielinnen im Gras gelagert an einem Wasserfall, der seine Silberflut in ein kunstloses Becken goss, scherzten und kosten mit ihrer Gebieterin in unschuldsvoller Fröhlichkeit. Dieser Anblick wirkte so wundervoll auf den lauschenden Berggeist, dass er schier seine geistige Natur und Eigenschaft vergaß und sich das Los der Sterblichkeit wünschte.

Deshalb verwandelte er sich in einen blühenden Jüngling.
Das war der rechte Weg, ein Mädchenideal in seiner ganzen
Vollkommenheit zu umfassen. Es erwachten Gefühle in seiner
Brust, von denen er seit seiner Existenz noch nichts geahnt
hatte; alle Ideen bekamen einen neuen Schwung. Ein unwider-
stehlicher Trieb zog ihn zum Wasserfall hin, und doch empfand
er eine gewisse Scheu, durchs Gesträuch hervorzubrechen,
durch das sein Auge gleichwohl eine verstohlene Aussicht aus-
zuspähen strebte.

Das schöne Mädchen war die Tochter des schlesischen
Fürsten, der in der Gegend des Riesengebirges damals herrsch-
te. Sie pflegte oft mit den Jungfrauen des Hofes in den Hainen
und Büschen des Gebirges zu lustwandeln und sich, wenn der
Tag heiß war, bei der Felsenquelle am Wasserfall zu erfrischen
und darin zu baden. Von diesem Augenblick an bannte die Liebe
den Berggeist an diesen Platz, den er nicht mehr verließ, um
täglich die Wiederkehr der reizenden Badegesellschaft mit Un-

geduld zu erwarten. Die Prinzessin ließ lange auf sich warten, doch in der Mittagsstunde eines schwülen Sommertages besuchte sie wieder mit ihrem Gefolge die kühlen Schatten am Wasserfall. Ihre Verwunderung ging über alles, da sie den Ort ganz verändert fand; die rohen Felsen waren mit Marmor und Alabaster bekleidet, das Wasser stürzte nicht mehr in einem wilden Strom von der steilen Bergwand, sondern rauschte, durch viele Abstufungen gebrochen, mit sanftem Gemurmel in ein weites Marmorbecken herunter.

Maßliebchen, Herbstzeitlose und das romantische Blümlein Vergissmeinnicht blühten an dessen Rande, Rosenhecken, mit wildem Jasmin und Silberblüten vermengt, zogen sich in einiger Entfernung umher und bildeten das angenehmste Luststück. Rechts und links der Kaskade öffnete sich der doppelte Eingang einer prächtigen Grotte, deren Wände und Bogengewölbe mit mosaikartiger Bekleidung prangten, von farbigen Erzstufen, Bergkristall und Frauenglas, alles funkelnd und flimmernd, dass der Abglanz davon das Auge blendete. Die Prinzessin stand lange in stummer Verwunderung da, wusste nicht, ob sie ihren Augen trauen, diesen zauberhaften Ort betreten oder fliehen sollte. Nachdem sie sich mit ihrem Gefolge in diesem kleinen Tempel sattsam vergnügt und alles fleißig durchgemustert hatte, gelüstete es sie, in dem Bassin zu baden.

Kaum war sie über den glatten Rand des Marmorbeckens hinabgeschlüpft, so sank sie in eine endlose Tiefe. Laut ließ die bange Schar der erschrockenen Mädchen Klage, Ach und Weh erschallen, als ihr Fräulein vor ihren Augen dahinschwand; sie liefen ängstlich am marmornen Gestade hin und wieder, indes das Springwasser recht geflissentlich sie mit einem Platzregen nach dem anderen übergoss. Hier war kein anderer Rat, als dem König die traurige Begebenheit mit seiner Tochter zu hinterbringen.

Wehklagend begegneten ihm die Mädchen, da er eben mit seinen Jägern zum Walde zog. Der König zerriss sein Kleid vor Betrübnis und Entsetzen, nahm die goldene Krone vom Haupt, verhüllte sein Angesicht mit dem Purpurmantel, weinte und stöhnte laut über den Verlust der schönen Emma. Nachdem er der Vaterliebe den ersten Tränenzoll entrichtet hatte, stärkte er seinen Mut und eilte, das Abenteuer am Wasserfall selbst zu beschauen.

Aber der angenehme Zauber war verschwunden, die rohe Natur stand wieder da in ihrer vorigen Wildheit; da war keine Grotte, kein Rosengehege, keine Jasminlaube.

Unterdessen hatte der Berggeist die liebreizende Emma durch einen unterirdischen Weg in einen prächtigen Palast geführt. Als sich die Lebensgeister der Prinzessin wieder erholt hatten, befand sie sich auf einem Sofa, angetan mit einem Gewand von rosenfarbenem Satin und einem Gürtel von himmelblauer Seide. Ein junger Mann lag zu ihren Füßen und tat ihr mit dem wärmsten Gefühl das Geständnis der Liebe, das sie mit schamhaftem Erröten annahm. Der entzückte Gnom unterrichtete sie hierauf von seinem Stand und seiner Herkunft, von den unterirdischen Staaten, die er beherrschte, führte sie durch die Zimmer und Säle des Schlosses und zeigte ihr alle Pracht und Reichtum.

Ein herrlicher Lustgarten umgab das Schloss von drei Seiten, der mit feinen Blumenstücken und Rasenplätzen, auf deren grüner Fläche ein kühler Schatten schwamm, dem Fräulein vornehmlich zu behagen schien. Alle Obstbäume trugen purpurrote, mit Gold gesprenkelte oder zur Hälfte übergüldete Äpfel. In den traulichen Bogengängen lustwandelte das Paar. Sein Blick hing an ihren Lippen, und sein Ohr trank die sanften Töne aus ihrem melodischen Munde. In seinem langen Leben hatte er dergleichen selige Stunden noch nie genossen, als ihm jetzt die erste Liebe gab.

Nicht gleiches Wonnegefühl empfand die reizende Emma. Ein gewisser Trübsinn hing über ihrer Stirn, sanfte Schwermut und zärtliches Hinschmachten offenbarten genug, dass geheime Wünsche in ihrem Herzen verborgen lagen. Er machte gar bald diese Entdeckung und bestrebte sich, durch Liebkosungen diese Wolken zu zerstreuen und die Schöne aufzuheitern, obwohl vergebens.

Der Mensch, dachte er bei sich selbst, ist ein geselliges Tier wie die Biene und die Ameise; der schönen Sterblichen fehlt die Unterhaltung. Flugs ging er hinaus ins Feld, zog auf einem

Acker ein Dutzend Rüben aus, legte sie in einen zierlichen geflochtenen Deckelkorb und brachte diesen der schönen Emma, die melancholisch einsam in der beschatteten Laube eine Rose entblätterte.

»Schönste der Erdentöchter", redete sie der Gnom an, »du sollst nicht mehr die Einsamtrauernde in meiner Wohnung sein. In diesem Korb ist alles, was du bedarfst, diesen Aufenthalt dir angenehm zu machen. Nimm den kleinen buntgeschälten Stab und gib durch die Berührung mit ihm den Erdengewächsen im Korbe die Gestalten, die dir gefallen.«

Hierauf verließ er die Prinzessin, und sie weilte keinen Augenblick, mit dem Zauberstab laut Instruktion zu verfahren, nachdem sie den Deckelkorb geöffnet hatte. »Brünhild", rief sie, »liebe Brünhild, erscheine!«

Und Brünhild lag zu ihren Füßen, umfasste die Knie ihrer Gebieterin und benetzte ihren Schoß mit Freudentränen. Die Täuschung war so vollkommen, dass Fräulein Emma selbst nicht wusste, wie sie mit ihrer Schöpfung dran war: Ob sie die wahre Brünhild hergezaubert hatte, oder ob ein Blendwerk das Auge betrog.

Sie überließ sich indessen ganz den Empfindungen der Freude, ihre liebste Gespielin um sich zu haben, lustwandelte mit ihr Hand in Hand im Garten umher, ließ sie dessen herrliche Anlagen bewundern und pflückte ihr goldgesprenkelte Äpfel von den Bäumen. Hierauf führte sie ihre Freundin durch alle Zimmer im Palast bis in die Kleiderkammer, wo sie bis zu Sonnenuntergang verweilten. Alle Schleier, Gürtel, Ohrspangen wurden gemustert und anprobiert.

Der spähende Berggeist war entzückt über den Tiefblick, den er in das weibliche Herz getan zu haben vermeinte, und freute sich über den guten Fortgang in der Menschenkunde. Die schöne Emma dünkte ihn jetzt schöner, freundlicher und heiterer zu sein als jemals. Sie unterließ nicht, ihren ganzen Rübenvorrat mit dem Zauberstab zu beleben, gab ihnen die Gestalt der Jungfrauen, die ihr vordem aufzuwarten pflegten, und weil noch zwei Rüben übrig waren, bildete sie die eine in eine gestreifte Hauskatze um, aus der anderen schuf sie ein niedlich hüpfendes Hündchen.

Einige Wochen lang genoss sie die Wonne des gesellschaftlichen Vergnügens ungestört, Sang und Saitenspiel wechselten vom Morgen bis zum Abend; nur merkte das Fräulein nach Verlauf einiger Zeit, dass die frische Gesichtsfarbe ihrer Gesellschafterinnen etwas abbleichte. Der Spiegel im Marmorsaal ließ zuerst bemerken, dass sie allein wie eine Rose aus der Knospe frisch hervorblühte, da die geliebte Brünhild und die übrigen Jungfrauen welkenden Blumen glichen; gleichwohl versicherten sie alle, dass sie sich wohl befänden, und der freigebige Berggeist ließ sie an seiner Tafel auch keinen Mangel leiden. Dennoch zehrten sie sichtbar ab, Leben und Tätigkeit schwanden von Tag zu Tag mehr dahin, und alles Jugendfeuer erlosch. Als die Prinzessin an einem heiteren Morgen, durch gesunden Schlaf gestärkt, fröhlich ins Gesellschaftszimmer trat,

wie schauderte sie zurück, da ihr ein Haufen eingeschrumpfter Matronen an Stäben und Krücken hustend und keuchend entgegenzitterte, unvermögend sich aufrechtzuerhalten. Das schäkernde Hündchen hatte alle Viere von sich gestreckt, und das schmeichelnde Kätzchen konnte sich vor Kraftlosigkeit kaum noch regen und bewegen. Bestürzt eilte die Prinzessin aus dem Zimmer, der schaudervollen Gesellschaft zu entfliehen, trat hinaus auf den Söller des Portals und rief laut den Gnomen, der alsbald in demütiger Stellung auf ihr Geheiß erschien.

»Boshafter Geist«, redete sie ihn zornig an, »warum missgönnst du mir die einzige Freude meines harmvollen Lebens, die Schattengesellschaft meiner ehemaligen Gespielinnen? Augenblicklich gib meinen Frauen Jugend und Wohlgestalt wieder, sonst sollen Hass und Verachtung deinen Frevel rächen.«

»Schönste der Erdentöchter«, entgegnete der Gnom, »zürne nicht über die Gebühr! Alles, was in meiner Gewalt ist, steht in deiner Hand; aber das Unmögliche fordere nicht von mir. Die Kräfte der Natur gehorchen mir, doch vermag ich nichts gegen ihre unwandelbaren Gesetze. Solange vegetierende Kraft in den Rüben war, konnte der magische Stab ihr Pflanzenleben nach deinem Gefallen verwandeln; aber ihre Säfte sind nun vertrocknet, und ihr Wesen neigt sich nach der Zerstörung hin; denn der belebende Elementargeist ist verraucht. Jedoch das soll dich nicht kümmern, Geliebte, ein frischgefüllter Deckelkorb kann den Schaden leicht ersetzen; du wirst daraus alle Gestalten wieder hervorrufen, die du begehrst. Gib jetzt der Mutter Natur ihre Geschenke zurück, die dich so angenehm unterhalten haben; auf dem großen Rasenplatze im Garten wirst du die Gesellschaft finden.«

Der Gnom entfernte sich darauf, und Fräulein Emma nahm ihren buntgeschälten Stab zur Hand, berührte damit die gerunzelten Weiber, las die eingeschrupften Rüben zusammen und tat damit, was Kinder, die eines Spielzeugs müde sind, zu tun pflegen: Sie warf den Plunder in den Kehricht und dachte nicht mehr daran.

Leichtfüßig hüpfte sie nun über die grünen Matten dahin, den frisch gefüllten Deckelkorb in Empfang zu nehmen, den sie jedoch nirgends fand. Sie ging den Garten auf und nieder, spähte fleißig umher; aber es wollte kein Korb zum Vorschein kommen. Am Traubengeländer kam ihr der Gnom entgegen mit so sichtbarer Verlegenheit, dass sie seine Bestürzung schon von

ferne wahrnahm. »Du hast mich getäuscht“, sprach sie, »wo ist der Deckelkorb geblieben? Ich suche ihn schon seit einer Stunde vergebens.«

»Holde Gebieterin meines Herzens“, antwortete der Geist, »wirst du mir meinen Unbedacht verzeihen? Ich versprach mehr, als ich geben konnte. Ich habe das Land durchzogen, Rüben aufzusuchen, aber sie sind längst geerntet und welken in dumpfigen Kellern. Harre nur drei Mondenwechsel in Geduld aus, dann soll dir's nie an Gelegenheit gebrechen, mit deinen Puppen zu spielen.«

Ehe noch der beredsame Gnom mit dieser Rede zu Ende war, drehte ihm seine Schöne unwillig den Rücken zu, ohne ihn einer Antwort zu würdigen. Er aber hob sich von dannen in die nächste Marktstadt innerhalb seines Gebietes, kaufte, als ein Pächter gestaltet, einen Esel, den er mit schweren Säcken Sämerei belud, womit er einen ganzen Morgen Landes besäte. Die Rübensaat schoss lustig auf und versprach in kurzer Zeit eine reiche Ernte; Fräulein Emma ging täglich hinaus auf ihr Ackerfeld, das zu besehen sie mehr gelüstete als die goldenen Äpfel. Aber Kummer und Missmut trübten ihre kornblumenfarbenen Augen.

Sie weilte am liebsten in einem düsteren, melancholischen Tannenwäldchen am Rande eines Quellbaches, der sein silbernes Gewässer ins Tal rauschen ließ, und warf Blumen hinein, die in den Odergrund hinabflossen.

Der Gnom sah wohl, dass bei dem sorgfältigsten Bestreben, sich durch tausend kleine Gefälligkeiten in der schönen Emma Herz zu stehlen, ihr keine Liebe abzugewinnen war. Desungeachtet ermüdete seine hartnäckige Geduld nicht, durch die pünktlichste Erfüllung ihrer Wünsche ihren spröden Sinn zu überwinden. Er nahm als etwas Ausgemachtes an, dass ihr Herz so frei und unbefangen sei wie das seine, doch das war ein großer Irrtum. Ein junger Grenznachbar an den Gestaden der Oder, Fürst Ratibor, hatte den süßen Minnetrieb in dem Herzen der holden Emma bereits angefacht.

Schon sah das glückliche Paar dem Tag seiner Vermählung entgegen, da die Braut mit einem Mal verschwand. Diese Nachricht verwandelte den liebenden Ratibor in einen rasenden Roland. Er verließ seine Residenz, zog menschenscheu in einsamen Wäldern umher und klagte den Felsen sein Unglück. Die treue Emma seufzte unterdessen ihre Herzgefühle so fest in ihrem Busen, dass der spähende Gnom nicht enträtseln konnte, was für Empfindungen sich darin regten. Lange schon hatte sie darauf gesonnen, wie sie ihn überlisten und der lästigen Gefangenschaft entrinnen möchte. Nach mancher durchwachten Nacht sann sie endlich einen Plan aus, der des Versuchs würdig schien, ihn auszuführen.

Der Lenz kehrte in die gebirgischen Täler zurück, und die Rüben gediehen zur Reife. Die schlaue Emma zog täglich einige davon aus und machte damit Versuche, ihnen allerlei beliebige Gestalten zu geben, dem Anschein nach sich damit zu belustigen; aber ihre Absicht ging weiter. Sie ließ eines Tages eine kleine Rübe zur Biene werden, um sie abzuschicken,

Kundschaft von ihrem Geliebten einzuziehen. »Fliege, liebes Bienchen«, sprach sie, »zu Ratibor, dem Fürsten des Landes, und summe ihm sanft ins Ohr, dass Emma noch für ihn lebt, aber eine Sklavin des Fürsten der Gnomen ist, der das Gebirge bewohnt; vergesse kein Wort von diesem Gruß und bring mir die Botschaft von seiner Liebe.«

Die Biene flog alsbald von dem Finger ihrer Gebieterin, wohin sie beordert war; aber kaum hatte sie ihren Flug begonnen, so stach eine gierige Schwalbe auf sie herab und verschlang zum großen Leidwesen des Fräuleins die Botschafterin der Liebe. Darauf formte sie mit Hilfe des wunderbaren Stabes eine Grille und lehrte sie den gleichen Spruch und Gruß. Die Grille flog und hüpfte so schnell sie konnte, auszurichten, was ihr befohlen war; aber ein langbeiniger Storch promenierte eben an dem Weg, auf dem die Zirpe zog, erfasste sie mit seinem langen Schnabel und begrub sie in das Verlies seines weiten Kropfes.

Diese misslungenen Versuche schreckten die entschlossene Emma nicht ab, einen neuen zu wagen; sie gab der dritten Rübe die Gestalt einer Elster. »Schwanke hin, beredsamer

Vogel", sprach sie, »von Baum zu Baum, bis du zu Ratibor gelangst, verkünde ihm meine Gefangenschaft und gib ihm Bescheid, dass er meiner harre mit Ross und Mann, den dritten Tag von heute, an der Grenze des Gebirges im Maiental, bereit, die Flüchtige aufzunehmen, die ihre Ketten zu zerbrechen wagt und Schutz von ihm begehrt.«

Die Elster gehorchte, und die sorgsame Emma begleitete ihren Flug, soweit das Auge reichte. Der harmlose Ratibor irrte noch immer melancholisch in den Wäldern herum; die Rückkehr des Lenzes und die wiederauflebende Natur hatten seinen Kummer nur gemehrt.

Er saß unter einer schattenreichen Eiche, dachte an seine Prinzessin und seufzte laut: Emma! Alsbald gab das vielstimmige Echo ihm diesen geliebten Namen schmeichelhaft zurück; aber zugleich rief auch eine unbekannte Stimme den seinigen aus. Er horchte hoch auf, sah niemanden, vermutete eine Täuschung und hörte den nämlichen Ruf wiederholen. Kurz darauf erblickte er eine Elster, die auf den Zweigen hin und her flog und ward inne, dass der gelehrige Vogel ihn beim Namen rief.

»Armer Schwätzer", sprach er, »wer hat dich gelehrt, diesen Namen auszusprechen, der einem Unglücklichen gehört, der wünscht, von der Erde vertilgt zu sein wie sein Gedächtnis?«

Hierauf fasste er einen Stein und wollte ihn nach dem Vogel schleudern, als dieser den Namen Emma hören ließ. Der Sprecher auf dem Baum begann mit der dem Elstergeschlecht eigenen Beredsamkeit den Spruch, der ihm gelehrt war. Fürst Ratibor vernahm kaum diese fröhliche Botschaft, so ward's hell in seiner Seele; der tödliche Gram, der die Sinne umnebelt und die Federkraft der Nerven erschlafft hatte, verschwand. Er forschte mit Fleiß von der Glücksverkünderin nach dem Schicksal der holden Emma; aber die gesprächige Elster konnte

nichts als mechanisch ihre Lektion ohne Aufhören wiederholen und flatterte davon. Schnellfüßig eilte der auflebende Prinz zu seinem Hoflager zurück, rüstete eilig das Geschwader der Reisigen, saß auf und zog mit ihnen hin ans Vorgebirge seiner guten Hoffnung, das Abenteuer zu bestehen.

Fräulein Emma hatte unterdessen mit weiblicher Schlauheit alles vorbereitet, ihr Vorhaben auszuführen. Sie ließ ab, den duldsamen Gnomen mit Kaltsinn zu quälen, ihr Auge sprach Hoffnung, und ihr spröder Sinn schien beugsamer zu werden. Der seufzende Liebhaber empfand gar bald diese scheinbare Sinnesänderung der holden Spröden.

Ein holdseliger Blick, eine freundliche Miene, ein bedeutsames Lächeln setzten sein entzündbares Wesen in volle Flammen. Er bat um Erhörung und wurde nicht zurückgewiesen. Das Fräulein begehrte nur noch einen Tag Bedenkzeit, den ihr der wonnetrunkene Gnom bereitwillig zugestand. Den folgenden Morgen, kurz nach Sonnenaufgang, trat die schöne Emma geschmückt wie eine Braut hervor, mit allem Geschmeide belastet, das sie in ihrem Schmuckkästlein gefunden hatte, und da ihr der harrende Gnom auf der großen Terrasse im Lustgarten entgegenwandelte, bedeckte sie züchtig mit dem Ende des Schleiers ihr Angesicht.

»Himmlisches Mädchen“, stammelt er ihr entgegen, »lass mich die Seligkeit der Liebe aus deinen Augen trinken und weigere mir nicht länger den bejahenden Blick, der mich zum glücklichsten Wesen macht, das die rote Morgensonne jemals bestrahlt hat!«

Hierauf wollte er ihr Antlitz enthüllen, aber das Fräulein machte ihre Schleierwolke noch dichter um sich her und antwortete gar bescheiden: »Vermag eine Sterbliche dir zu widerstehen, Gebieter meines Herzens? Deine Standhaftigkeit hat gesiegt. Nimm dies Geständnis von meinen Lippen; aber lass mein Erröten und meine Tränen diesen Schleier auffassen.«

»Warum Tränen, o Geliebte?« fiel der beunruhigte Geist ein, »ich heische Lieb’ um Liebe und will nicht Aufopferung.«

»Ach“, erwiderte Emma, »warum missdeutest du meine Tränen? Mein Herz lohnt deine Zärtlichkeit; aber bange zerreißt meine Seele. Das Weib hat nicht stets die Reize einer Geliebten; du alterst nimmer; aber irdische Schönheit ist eine Blume, die bald dahinwelkt. Woran soll ich erkennen, dass du der zärtliche, liebevolle, gefällige, duldsame Gemahl sein werdest, wie du als Liebhaber warst?«

Er antwortete: »Fordere einen Beweis meiner Treue oder des Gehorsams deiner Befehle, oder stelle meine Geduld auf die Probe und urteile daraus von der Stärke meiner Liebe.«

»Es sei also!« beschloss die schlaue Emma, »ich verlange nur einen Beweis deiner Gefälligkeit. Gehe hin und zähle alle

Rüben auf dem Acker; mein Hochzeitstag soll nicht ohne Zeugen sein, ich will sie beleben, damit sie mir zu Brautjungfern dienen; aber hüte dich, mich zu täuschen und verzähle dich nicht um eine, denn das ist die Probe, woran ich deine Treue prüfen will.«

So ungern sich der Gnom in diesem Augenblick von seiner reizenden Braut trennte, so gehorchte er doch, machte sich rasch an seine Geschäfte und hüpfte hurtig unter den Rüben herum. Er war durch diese Geschäftigkeit mit seiner Aufgabe bald fertig; doch um der Sache recht gewiss zu sein, wiederholte er sie nochmals und fand zu seinem Verdruss eine andere Zahl, was ihn nötigte, zum drittenmal den Rübenpöbel durchzumustern.

Die verschmitzte Emma hatte ihren Paladin kaum aus den Augen verloren, als sie zur Flucht Anstalt machte. Sie hielt eine saftvolle Rübe in Bereitschaft, die sie flugs in ein mutiges Ross mit Sattel und Zeug verwandelte. Rasch schwang sie sich in den Sattel, flog über die Heiden und Steppen des Gebirges dahin, und der flüchtige Pegasus wiegte sie, ohne zu straucheln, auf seinem sanften Rücken hinab ins Maiental, wo sie sich dem geliebten Ratibor, der der Kommenden ängstlich entgegenharrte, fröhlich in die Arme warf.

Der geschäftige Gnom hatte sich indessen so in seine Zahlen vertieft, dass er von dem, was um und neben ihm geschah, nichts wusste. Nach langer Mühe und Anstrengung seiner Geisteskraft war ihm endlich gelungen, die wahre Zahl aller Rüben auf dem Ackerfeld, klein und groß mit eingerechnet, gefunden zu haben.

Er eilte nun froh zurück, sie seiner Herzensgebieterin gewissenhaft zu berechnen und durch die pünktliche Erfüllung ihrer Befehle sie zu überzeugen, dass er der gefälligste und unterwürfigste Gemahl sein werde. Mit Selbstzufriedenheit trat er auf den Rasenplatz; aber da fand er nicht, was er suchte; er lief durch die bedeckten Lauben und Gänge; auch da war nicht, was er begehrte. Er kam in den Palast, durchspähte alle Winkel, rief den holden Namen Emma aus, den ihm die einsamen Hallen zurücktönten, begehrte einen Laut von dem geliebten Munde; doch da war weder Stimme noch Rede.

Das fiel ihm auf, er merkte Unrat; flugs warf er das schwerfällige Phantom der Verkörperung ab, schwang sich hoch in die Luft und sah den geliebten Flüchtling in der Ferne, als eben der rasche Gaul über die Grenze setzte. Wütend ballte der ergrimmte Geist ein paar friedlich vorüberziehende Wolken zusammen und schleuderte einen kräftigen Blitz der Fliehenden nach, der eine tausendjährige Grenzeiche zersplitterte. Aber jenseits dieser war des Gnomen Rache unkräftig, und die Donnerwolke zerfloss in einen sanften Heiderauch.

Nachdem er die Luftregionen verzweiflungsvoll durchkreuzt hatte, kehrte er trübselig in den Palast zurück, schlich durch alle Gemächer und erfüllte sie mit Seufzen und Stöhnen. Die Sehnsucht erwachte wieder an jedem Platz, wo sie vormals ging und stand, wo er trauliche Unterredungen mit ihr geführt

27

hatte. Alles das würgte und knotete ihn so zusammen, dass er unter der Last seiner Gefühle in dumpfes Hinbrüten versank.

Bald danach brach sein Unmut in grässliche Verwünschungen aus, und er war fest entschlossen, der Menschenkenntnis zu entsagen und von diesem argen betrüglichen Geschlechte keine weitere Notiz zu nehmen. Mit diesem Entschluss stampfte er dreimal auf die Erde, der ganze Zauberpalast mit all seiner Herrlichkeit kehrte in sein ursprüngliches Nichts zurück, und der Gnom fuhr hinab in die Tiefe bis an die entgegengesetzte Grenze seines Gebietes: in den Mittelpunkt der Erde.

Während dieser Katastrophe im Gebirge führte Fürst Ratibor die schöne Emma an den Hof ihres Vaters zurück, vollzog daselbst seine Vermählung, teilte mit ihr den Thron seines Erbes und erbaute die Stadt Ratibor, die noch seinen Namen trägt bis auf diesen Tag.

Das sonderbare Abenteuer der Prinzessin, das ihr auf dem Riesengebirge begegnet war, ihre kühne Flucht und glückliche Entrinnung wurde das Märchen des Landes, pflanzte sich von Geschlecht zu Geschlecht fort bis in die entferntesten Zeiten. Und die Einwohner der umliegenden Gegenden, die den Nachbar Berggeist bei seinem Geisternamen nicht zu nennen wussten, legten ihm einen Spottnamen auf, riefen ihn Rübenzähler oder kurz Rübezahl.

Zweite Legende

Wie sich Rübezahl in Hirschberg hängen lässt

er unmutige Gnom verließ die Oberwelt mit dem Entschluss, nie wieder das Tageslicht zu schauen; doch die wohltätige Zeit verwischte nach und nach die Eindrücke seines Grams; gleichwohl erforderte diese langwierige Operation einen Zeitraum von neunhundertneunundneunzig Jahren, ehe die alte Wunde ausheilte. Endlich, als ihn einmal die Langeweile drückte und er sehr übel aufgeräumt war, schlug sein Hofschalksnarr in der Unterwelt, ein drolliger Kobold, einen

Ausflug ins Riesengebirge vor. Es war nicht mehr als eine Minute nötig, so war die weite Reise vollendet, und er befand sich mitten auf dem großen Rasenplatz seines ehemaligen Lustgartens, dem er nebst dem übrigen Zubehör die vorige Gestalt gab.

Doch blieb alles für menschliche Augen verborgen; die Wanderer, die übers Gebirge zogen, sahen nichts als eine fürchterliche Wildnis. Der Anblick dieser Dinge, die er ehemals in einem rosafarbenen Lichte schimmern sah, erneuerte alle Gedanken an die Liebschaft, und es kam ihm vor, als sei die Geschichte mit der schönen Emma erst gestern vorgefallen. Und die Erinnerung, wie sie ihn überlistet und hintergangen hatte, machte seinen Groll gegen die Menschheit wieder rege.

»Unseliges Erdengewürm", rief er aus, indem er aufschaute und vom hohen Gebirge die Türme der Kirchen und Klöster in den Städten und Flecken erblickte, »ich sehe, du treibst dein Wesen noch immer unten im Tal. Hast mich durch Tücke und Ränke genarrt, sollst mir nun büßen; will dich auch hetzen und wohl plagen, dass dir vor dem Treiben des Geistes im Gebirge soll bange werden.«

Kaum hatte er diese Worte gesagt, so vernahm er in der Ferne Menschenstimmen. Drei junge Gesellen wanderten durchs Gebirge, und der keckste unter ihnen rief ohne Unterlass: »Rübezahl, komm herab! Rübezahl, Mädchendieb!«

Von undenklichen Jahren her hatte die Lästerchronik die Liebesgeschichte des Berggeistes in mündlichen Überlieferungen getreulich aufbewahrt, sie wie gewöhnlich mit lügenhaften Zusätzen vermehrt, und jeder Reisende, der das Riesengebirge betrat, unterhielt sich mit seinem Gefährten über dessen Abenteuer. Man trug sich mit unzähligen Spukhistörchen, machte damit zaghafte Wanderer fürchten, und die starken Geister und Philosophen, die am hellen Tage und in zahlreicher

Gesellschaft an keine Gespenster glauben und sich darüber lustig machen, pflegen aus Übermut, oder um ihre Herzhaftigkeit zu beweisen, den Geist oft zu zitieren, aus Schäkerei bei seinem Ekelnamen zu rufen und auf ihn zu schimpfen.

Man hat nie gehört, dass dergleichen Kränkungen von dem friedsamen Berggeiste wären gerügt worden; denn in den Tiefen des Abgrundes erfuhr er von diesem mutwilligen Hohn kein Wort. Desto mehr war er betroffen, da er seine ganze Schande jetzt so kurz und bündig ausrufen hörte. Wie der Sturmwind raste er durch den düsteren Fichtenwald und war schon im Begriff, den armen Tropf, der sich ohne Absicht über ihn lustig gemacht hatte, zu erdrosseln, als er in dem Augenblick bedachte, dass eine so furchtbare Rache großes Geschrei im Lande erregen, alle Wanderer aus dem Gebirge wegbannen und ihm die Gelegenheit rauben würde, sein Spiel mit den Menschen zu treiben. Darum ließ er ihn nebst seinen Konsorten ruhig ihre Straße ziehen, mit dem Vorbehalt, seinen verübten Mutwillen ihm doch nicht ungenossen hingehen zu lassen.

Auf dem nächsten Scheideweg trennte sich der Hohnsprecher von seinen beiden Kameraden und gelangte diesmal mit heiler Haut in Hirschberg, seiner Heimat, an. Aber der unsichtbare Geleitsmann war ihm bis zur Herberge gefolgt, um ihn zu gelegener Zeit dort zu finden. Jetzt trat er seinen Rückweg ins Gebirge an und sann auf Mittel, sich zu rächen. Von ungefähr begegnete ihm auf der Landstraße ein reicher Kaufmann, der nach Hirschberg wollte; da kam ihm in den Sinn, diesen zum Werkzeug seiner Rache zu gebrauchen. Also gesellte er sich zu ihm in Gestalt des losen Gesellen, der ihn gefoppt hatte, führte ihn unbemerkt seitab von der Straße, und da sie ins Gebüsch kamen, fiel er ihm mörderisch in den Bart, riss ihn zu Boden, knebelte ihn und raubte ihm seinen Säckel, worin er viel Geld und Geschmeide trug. Nachdem er ihn mit Faustschlägen und Fußtritten noch gar übel traktiert hatte, ging er davon und ließ den armen geplünderten Kaufmann halbtot im Busch liegen.

Als sich der Kaufmann von seinem Schrecken erholt hatte, fing er an zu wimmern und laut um Hilfe zu rufen. Da trat ein feiner, ehrbarer Mann zu ihm, fragte, warum er also beginne, und wie er ihn geknebelt fand, löste er ihm die Bande von Händen und Füßen. Nachher labte er ihn mit einem herrlichen Schluck herzstärkender Arznei, die er bei sich trug, führte ihn wieder auf die Landstraße und geleitete ihn freundlich nach Hirschberg an die Tür der Herberge; dort reichte er ihm einen Zehrpfennig und schied von ihm.

Wie erstaunte der Kaufmann, da er beim Eintritt in den Krug seinen Räuber am Zechtisch erblickte, so frei und unbefangen wie ein Mensch sein kann, der sich keiner Übeltat bewusst ist. Er saß hinter einem Schoppen Landwein, trieb Scherz und gute Schwänke mit anderen lustigen Zechbrüdern, und neben ihm lag der nämliche Rucksack, in dem er den geraubten Säckel verborgen hatte.

Der bestürzte Kaufmann wusste nicht, ob er seinen Augen trauen sollte, schlich sich in einen Winkel und ging mit sich selbst zu Rate, wie er wieder zu seinem Eigentum gelangen möchte. Es schien ihm unmöglich, sich in der Person geirrt zu haben; darum drehte er sich unbemerkt zur Tür hinaus, ging zum Richter und zeigte den Diebstahl an.

Die Hirschberger Justiz stand damals in dem Rufe, dass sie schnell und tätig sei, Recht und Gerechtigkeit zu handhaben, wenn's was einzuziehen gab; wo sie aber einfach ihrer Pflicht Genüge leisten musste, ging sie ihren Schneckengang. Der erfahrene Kaufmann war mit dem gewöhnlichen Gang schon bekannt und verwies den unentschlossenen Richter auf den Inhalt seines Beutels, und diese goldene Hoffnung unterließ nicht, einen Verhaftungsbefehl auszuwirken. Häscher bewaffneten sich mit Spießen und Stangen, umringten das Schenkhaus, griffen den unschuldigen Verbrecher und führten ihn vor die Schranken der Ratsstube, wo sich die weisen Väter indes versammelt hatten. »Wer bist du?« fragte der ernsthafte Stadtrichter, als der Angeklagte hereintrat, »und von wannen kommst du?«

Er antwortete freimütig und unerschrocken: »Ich bin ein ehrlicher Schneider meines Handwerks, Benedix genannt, komme von Liebenau und stehe hier in Arbeit bei meinem Meister.«

»Hast du nicht diesen Kaufmann im Wald mörderisch überfallen, übel geschlagen, gebunden und seines Säckels beraubt?«

»Ich habe diesen Menschen nie mit Augen gesehen, hab' ihn auch weder geschlagen, noch gebunden, noch seines Säckels beraubt.«

»Womit kannst du deine Ehrlichkeit beweisen?«

»Mit meiner Kundschaft und dem Zeugnis meines guten Gewissens.«

»Weis' auf deine Kundschaft.«

Benedix öffnete getrost den Rucksack, denn er wusste wohl, dass er nichts als ein wohlerworbenes Eigentum darin verwahrte.

Doch als er ihn ausleerte, siehe da! Da klingelt's unter dem herausstürzenden Plunder wie Geld. Die Häscher griffen hur-

tig zu, störten den Kram auseinander und zogen den schweren Säckel hervor, den der erfreute Händler alsbald als sein
Eigentum erkannte. Der Wicht stand da wie vom Donner gerührt, die Lippen bebten, die Knie wankten, er verstummte und
sprach kein Wort.

»Wie nun, Bösewicht!« donnerte der Stadtvogt. »Erfrechst du dich noch, den Raub zu leugnen?«

»Erbarmung, gestrenger Herr Richter!« winselte der Beschuldigte auf den Knien, mit hochaufgehobenen Händen. »Alle Heiligen im Himmel rufe ich zu Zeugen an, dass ich unschuldig bin an dem Raub; ich weiß nicht, wie dieser Säckel in meinen Rucksack gekommen ist, Gott weiß es.«

»Du bist überführt", redete der Richter fort, »der Säckel zeugt genügend von Verbrechen, tue Gott und der Obrigkeit die Ehre und bekenne freiwillig, ehe der Peiniger kommt, dir das Geständnis der Wahrheit abzufoltern.«

Der geängstigte Benedix konnte nichts als auf seine Unschuld pochen; aber er predigte tauben Ohren. Meister Hämmerling, der fürchterliche Wahrheitsforscher, wurde herbeigerufen, durch die stählernen Argumente seiner Beredsamkeit ihn dazu zu bringen, Gott und der Obrigkeit die Ehre anzutun, zu bekennen. Jetzt verließ den armen Wicht die standhafte Freudigkeit seines guten Gewissens, er bebte zurück vor den Qualen, die auf ihn warteten.

Da der Peiniger im Begriff war, ihm die Daumenstöcke anzulegen, bedachte er, dass diese Operation ihn untüchtig machen würde, jemals wieder mit Ehren die Nadel zu führen, und bevor er sein Leben lang ein verdorbener Kerl bleiben würde, meinte er, es sei besser, mit einem Male von der Marter abzukommen, und gestand das Bubenstück ein, wovon sein Herz nichts wusste. Der Kriminalprozess wurde nun abgetan, der Beschuldigte von Richter und Schöffen zum Strange verurteilt, welcher Rechtsspruch gleich tags darauf am frühem Morgen vollzogen werden sollte.

Alle Zuschauer, die das hochnotpeinliche Halsgericht herbeigelockt hatte, fanden das Urteil des wohlweisen Magistrats gerecht und billig; doch keiner rief den Richtern lauteren Beifall

zu als der barmherzige Samariter, der mit in die Kriminalstu-
be eingedrungen war und nicht satt werden konnte, die Ge-
rechtigkeitsliebe der Herren von Hirschberg zu erleben. Und
in der Tat hatte auch niemand näheren Anteil an der Sache als
eben dieser Menschenfreund, der mit unsichtbarer Hand des
Händlers Säckel in des Schneiders Rucksack verborgen hatte
und kein anderer war als Rübezahl selbst.

Schon am frühen Morgen lauerte er am Hochgericht in Ra-
bengestalt auf den Leichenzug, der das Opfer seiner Rache dahin begleiten sollte, aber diesmal harrte er vergebens. Ein frommer Ordensbruder fand an dem unwissenden Benedix einen
so rohen, wüsten Klotz, dass es ihm unmöglich schien, in so
kurzer Zeit, als ihm zu dem Bekehrungsgeschäfte übrigblieb,

einen Heiligen daraus zu schnitzeln; er bat deshalb das Kriminalgericht um einen dreitägigen Aufschub, den er dem frommen Magistrat nicht ohne große Mühe und unter Androhung des Kirchenbannes endlich abzwang. Als Rübezahl davon hörte, flog er ins Gebirge, den Termin der Hinrichtung dort zu erwarten.

Während dieser Zeit durchstrich er nach Gewohnheit die Wälder und erblickte auf dieser Streiferei eine junge Frau, die sich unter einem schattenreichen Baum gelagert hatte. Ihre Kleidung war nicht kostbar, aber reinlich, und der Zuschnitt daran bürgerlich. Von Zeit zu Zeit wischte sie mit der Hand eine herabrollende Träne von den Wangen, und stöhnende Seufzer quollen aus der vollen Brust hervor. Schon ehemals hatte der Gnom die mächtigen Eindrücke jungfräulicher Tränen empfunden; auch jetzt war er so gerührt davon, dass er von dem Gesetz, das er sich auferlegt hatte, alle Adamskinder, die durchs Gebirge ziehen würden, zu necken und quälen, die erste Ausnahme machte.

Er gestaltete sich wieder zu einem ehrsamen Bürger, trat zu der jungen Frau freundlich hin und sprach: »Mägdlein, was trauerst du hier in der Wüste so einsam? Verhehle mir nicht deinen Kummer, dass ich zusehe, wie dir zu helfen ist.«

Die Frau, die ganz in Schwermut versunken war, schreckte auf, da sie diese Stimme hörte, und erhob ihr gesenktes Haupt. Da sie den ehrsamen Mann vor sich stehen sah, öffnete sie ihren Purpurmund und sprach: »Was kümmert Euch mein Schmerz, guter Mann, zumal mir nicht zu helfen ist? Ich bin eine Unglückliche, eine Mörderin, habe den Mann meines Herzens gemordet und will meine Schuld mit Jammer und Tränen abbüßen, bis mir der Tod das Herz zerbricht.«

Der ehrbare Mann staunte. »Du eine Mörderin?« rief er, »bei diesem himmlischen Gesicht trägst du die Hölle im

Herzen? Unmöglich! Zwar die Menschen sind aller Ränke und Bosheit fähig, das weiß ich; gleichwohl ist mir's hier ein Rätsel.«

»So will ich's Euch lösen", erwiderte die trübsinnige Jungfrau, »wenn Ihr es zu wissen begehrt.«

Er sprach: »Sag' an!«

Sie: »Ich hatte einen Gespielen von Jugend an, den Sohn einer tugendsamen Witwe, meiner Nachbarin, der mich zu seinem Liebchen erkor, als er heranwuchs. Er war so lieb und gut, so treu und bieder, dass er mir das Herz stahl und ich ihm ewige Treue gelobte. Ach, das Herz des lieben Jungen habe ich vergiftet, hab' ihn die Tugendlehren seiner frommen Mutter vergessen gemacht und ihn zu einer Übeltat verleitet, wofür er das Leben verwirkt hat!«

Der Gnom rief verwundert: »Du?«

»Ja, Herr", sprach sie, »ich bin seine Mörderin, hab' ihn gereizt, einen Straßenraub zu begehen und einen schelmischen Kaufmann zu plündern; da haben ihn die Herren von Hirschberg gegriffen, Halsgericht über ihn gehegt, und oh Herzeleid! Morgen wird er abgetan. Ja Herr! Ich hab's auf meinem Gewissen, das junge Blut!«

»Wie das?«

»Er zog auf die Wanderschaft übers Gebirge, und als er mich beim Abschied umarmte, sprach er: Fein Liebchen, bleib mir treu. Wenn der Apfelbaum zum dritten Mal blüht und die Schwalbe zum Neste trägt, kehr' ich von der Wanderschaft zurück, dich heimzuholen als mein junges Weib. Und das gelobte ich ihm zu werden durch einen teuren Eid. Nun blühte der Apfelbaum zum dritten Mal, und die Schwalbe nistete, da kam Benedix wieder, erinnerte mich meiner Zusage und wollte mich zur Trauung führen. Ich aber neckte und höhnte ihn, wie die Mädchen es oft mit den Freiern tun, und sprach: Dein Weib kann ich nicht werden, du hast weder Herd noch Obdach. Schaffe dir erst blanke Batzen an, dann frage wieder an. Der arme Junge wurde durch diese Rede sehr betrübt. Ach, Klärchen, seufzte er tief mit einer Träne im Auge, steht dir dein Sinn nach Geld und Gut, so bist du nicht das biedere Mädchen mehr, das du vormals warst! Schlugst du nicht ein in diese Hand, da du mir deine Treue schworest? Und was hatte ich mehr als diese Hand, dich einst damit zu nähren? Ach, Klärchen, ich verstehe dich; ein reicher Buhle hat mir dein Herz entwendet; belohnst du mich also, Ungetreue? Er bat und flehte, doch ich blieb fest auf meinem Sinn: Mein Herz verschmäht dich nicht, o Benedix, antwortete ich, nur meine Hand versag' ich dir zunächst; zieh hin, erwirb dir Gut und Geld, und hast du das, so komm wieder.

Wohlan, sprach er mit Unmut, du willst es so, ich gehe in die Welt, will laufen, will rennen, will betteln, stehlen, sparen, sorgen, und eher sollst du mich nicht wiedersehen, bis ich den schnöden Preis erlange, um den ich dich erwerben muss. Leb' wohl, ich fahre hin, ade! – So hab' ich ihn betört, den armen Benedix; er ging ergrimmt davon; da verließ ihn sein guter Engel, dass er tat, was nicht recht war, und was sein Herz gewiss verabscheute.«

Der ehrsame Mann schüttelte den Kopf über diese Rede und rief nach einer Pause mit einer nachdenklichen Miene: »Wunderbar!« Hierauf wendete er sich zu der Frau: »Warum", fragte er, »erfüllst du hier den leeren Wald mit deinen Wehklagen, die dir und deinem Geliebten nichts nützen können?«

»Lieber Herr", fiel sie ihm ein, »ich war auf dem Weg nach Hirschberg. Ich will dem Blutrichter zu Füßen fallen, will mit meinem Klageschrei die Stadt erfüllen, ob das die Herren erbarmen möchte, dem unschuldigen Blut das Leben zu schenken; und wenn mir's nicht gelingt, meinen Buhlen dem schmählichen Tod zu entreißen, will ich freudig mit ihm sterben.«

Der Geist wurde durch diese Rede so bewegt, dass er von Stund' an seine Rache ganz vergaß und der Trostlosen ihren Buhlen wiederzugeben beschloss. »Trockne ab deine Tränen", sprach er mit teilnehmender Gebärde, »und lass deinen Kummer schwinden. Ehe die Sonne zur Küste geht, soll dein Buhle frank und frei sein. Morgen um den ersten Hahnenschrei sei wachsam und lausche, und wenn ein Finger ans Fenster klopft, so öffne die Tür zu deinem Kämmerlein; denn es ist dein Benedix, der davor steht. — Du sollst auch wissen, dass er das Bubenstück nicht begangen hat, dessen du ihn anklagst, und du hast gleichfalls keine Schuld; denn er hat sich durch deinen Eigensinn zu keiner bösen Tat reizen lassen. Ich bin ein Bürger aus Hirschberg, habe mit zu Rate gesessen, als der arme Sünder verurteilt wurde, aber seine Unschuld ist ans Licht gebracht, fürchte nichts für sein Leben. Ich will hin, ihn seiner Bande zu entledigen, denn ich vermag viel in der Stadt. Sei guten Mutes und kehre heim in Frieden.«

Die Frau machte sich alsbald auf und gehorchte, obgleich Furcht und Hoffnung in ihrer Seele kämpften.

Der ehrwürdige Pater Graurock hatte sich's die drei Tage des Aufschubs blutsauer werden lassen, den Verbrecher

gehörig zu bekehren, um seine arme Seele der Hölle zu entreißen, der sie seiner Meinung nach verpfändet war von Jugend
auf. Denn der gute Benedix war ein unwissender Laie, der mit
Nadel und Schere besser Bescheid wusste als mit dem Rosen-
kranz. Den Engelsgruß und das Paternoster mengte er stets
durcheinander, und vom Kredo wusste er keine Silbe; der eif-
rige Mönch hatte alle Mühe von der Welt, ihn das Letztere zu
lehren, und brachte mit dieser Arbeit zwei volle Tage zu. Denn
wenn er sich die Formel aufsagen ließ und das Gedächtnis des
armen Sünders auch nicht strauchelte, so unterbrach doch oft
ein Gedanke an das Irdische und der halblaute Seufzer: »Ach
Klärchen!« die ganze Lektion, weshalb es die religiöse Politik
des frommen Bruders zuträglich fand, dem verlorenen Schaf

die Hölle recht heiß zu machen, und das gelang ihm auch so, dass der geängstigte Benedix kalten Todesschweiß schwitzte und zu geheiligter Freude seines Bekehrers Klärchen darüber schlichtweg vergaß.

Ob sich nun wohl Benedix völlig unschuldig wusste, legte er sich aufs Bitten, flehte seinen geistlichen Richter um Barmherzigkeit an und suchte von den Qualen des Fegefeuers so viel abzudingen wie möglich; wodurch sich denn der strenge Pater bewogen fand, ihn endlich nur bis an die Knie ins Feuerbad zu versenken.

Eben verließ der unerbittliche Sündenrüger den Kerker, als ihm Rübezahl unsichtbarerweise beim Eingange begegnete, noch unentschlossen, wie er sein Vorhaben, den armen Schneider in Freiheit zu setzen, auszuführen vermöchte. In dem Augenblick geriet er auf einen Einfall, der recht nach seinem Sinne war. Er schlich dem Mönch ins Kloster nach, stahl aus der Kleiderkammer ein Ordenskleid, fuhr hinein und begab sich in Gestalt des Bruders Graurock ins Gefängnis, das ihm der Kerkermeister ehrerbietig öffnete.

»Das Heil deiner Seele", redet er den Gefangenen an, »treibt mich nochmals hierher, da ich dich kaum verlassen habe. Sag an, mein Sohn, was hast du noch auf deinem Herzen und Gewissen, damit ich dich tröste."

»Ehrwürdiger Vater", antwortete Benedix, »mein Gewissen beißt mich nicht; aber Euer Fegefeuer bangt und ängstigt mich und presst mir das Herz zusammen, als läg's zwischen den Daumenstöcken.«

Freund Rübezahl hatte von kirchlichen Lehrmeinungen sehr unvollständige und verworrene Begriffe, daher war ihm die Querfrage: »Wie meinst du das?« wohl zu verzeihen.

»Ach", antwortete Benedix, »in dem Feuerpfuhl bis an die Knie zu waten, Herr, das halte ich nicht aus!«

»Narr«, versetzte Rübezahl, »so bleib davon, wenn dir das Bad zu heiß ist.«

Benedix ward an dieser Rede irre und sah dem Pfaffen so starr ins Gesicht, dass dieser merkte, er habe irgend eine Unschicklichkeit vorgebracht; darum lenkte er ein: »Davon ein andermal; denkst du auch noch an Klärchen? Liebst du sie noch als deine Braut? Und hast du ihr etwas vor deiner Hinfahrt zu sagen, so vertraue es mir.«

Benedix staunte bei diesem Namen noch mehr; der Gedanke an sie, den er mit großer Gewissenhaftigkeit in seiner Seele zu ersticken bemüht gewesen war, wurde auf einmal wieder so heftig angefacht, dass er überlaut anfing zu weinen und zu schluchzen und kein Wort vorzubringen vermochte. Dieses jammerte den mitleidigen Pfaffen so, dass er beschloss, dem Spiel ein Ende zu machen.

»Armer Benedix", sprach er, »gib dich zufrieden und sei getrost und unverzagt, du sollst nicht sterben. Ich habe in Erfahrung gebracht, dass du unschuldig bist an dem Raub und deine Hand mit keinem Laster befleckt hast, darum bin ich gekommen, dich aus dem Kerker zu reißen und der Fesseln zu entledigen.« Er zog einen Schlüssel aus der Tasche. »Lass sehen", fuhr er fort, »ob er schließe.«

Der Versuch gelang, der Entfesselte stand da frank und frei, das Geschmeide fiel ab von Händen und Füßen. Hierauf wechselte der gutmütige Pfaffe mit ihm die Kleider und sprach: »Gehe gemächlich wie ein frommer Mönch durch die Schar der Wächter vor die Tür des Gefängnisses und durch die Straßen, bis du das Stadtgebiet hinter dir hast. Dann schürze den Pfaffenrock und schreite zügig voran, bis du ins Gebirge kommst, und raste nicht, bis du in Liebenau vor Klärchens Tür stehst, klopfe leise an, dein Liebchen harrt deiner mit ängstlichem Verlangen.«

Der gute Benedix wähnte, das alles sei nur ein Traum, und da er inneward, dass sich alles so verhalte, fiel er seinem Befreier zu Füßen, umfing seine Knie, und lag da in stummer Freude, denn die Worte versagten ihm. Der Pfaffe trieb ihn endlich fort und auf dem Weg. Mit wankendem Knie schritt der Entledigte über die Schwelle des traurigen Kerkers, und sein ehrwürdiger Rock gab ihm einen solchen Wohlgeruch von Frömmigkeit und Tugend, dass die Wächter nichts darunter witterten.

Klärchen saß indessen bänglich einsam in ihrem Kämmerlein. Oft dünkte ihr, es rege sich etwas am Fensterladen, oder es klinge der Pfortenring; sie schreckte auf mit Herzklopfen, sah durch die Luke, und es war Täuschung. Schon schüttelten die Hähne in der Nachbarschaft die Flügel und verkündeten durch ihr Krähen den kommenden Tag; das Glöcklein im Kloster läutete zur Frühmette, das ihr wie Totenruf und Grabesklang tönte.

Der Wächter stieß zum letzten Mal ins Horn und weckte die schnarchenden Bäckermägde zu ihrem frühen Tagewerk. Klärchens Lämpchen fing an dunkel zu brennen, weil ihm das Öl ausging, ihre Unruhe mehrte sich mit jedem Augenblick. Sie saß auf ihrer Bettkante, weinte bitterlich und seufzte:

»Benedix! Benedix! Was für ein bänglicher Tag für dich und mich dämmert jetzt heran!«

Da pocht's dreimal leise an das Fenster, als ob es spukte. Ein froher Schauder durchlief ihre Glieder, sie sprang auf, tat einen lauten Schrei; denn eine Stimme flüsterte durch die Luke: »Fein Liebchen, bist du wach?«

Husch, war sie an der Tür.

»Ach Benedix, bist's du oder ist's dein Geist?« Als sie aber den Bruder Graurock erblickte, sank sie zurück und starb vor Entsetzen hin. Da umschlang sie sanft sein treuer Arm, und der Kuss der Liebe brachte sie bald wieder ins Leben.

Nachdem die stumme Szene des Erstaunens und die Ergießungen der ersten freudigen Herzensgefühle vorüber waren, erzählte ihr Benedix seine wunderbare Errettung aus dem Kerker; doch die Zunge klebte ihm am Gaumen vor großem Durst und Ermattung. Klärchen ging, ihm einen Trunk frisches Wasser zu holen, und nachdem er sich damit gelabt hatte, fühlte er Hunger. Aber sie hatte nichts zum Imbiss als Salz und Brot, wobei sie voreilig gelobten, zufrieden und glücklich miteinander zu sein ihr Leben lang.

Da dachte Benedix an seine Knackwurst, zog sie aus der Tasche und wunderte sich bass, dass sie schwerer war als ein Hufeisen, brach sie auseinander, siehe! Da fielen eitel Goldstücke heraus, worüber Klärchen nicht wenig erschrak, meinte, das Gold sei ein schändliches Überbleibsel von dem Raub am Kaufmann, und Benedix sei nicht so unschuldig, wie ihn der ehrsame Mann gemacht habe, der ihr im Gebirge erschienen war.

Allein der truglose Gesell beteuerte fest, dass der fromme Ordensmann ihm diesen verborgenen Schatz vermutlich als eine Hochzeitssteuer geschenkt habe, und sie glaubte seinen Worten. Darauf segneten beide mit dankbaren Herzen den

mütigen Wohltäter, verließen ihre Vaterstadt und zogen gen
Prag, wo Meister Benedix mit Klärchen, seinem Weibe, lange
Jahre als ein angesehener Mann in friedlicher Ehe bei reichem
Kindersegen lebte.

In der frühen Morgenstunde, da Klärchen mit schauervoller Freude den Finger ihres Geliebten am Fenster bemerkte, klopfte auch in Hirschberg ein Finger an die Tür des Gefängnisses. Das war der Bruder Graurock, der den Anbruch des Tages kaum erwarten konnte, die Bekehrung des armen Sünders zu vollenden und ihn als einen halben Heiligen dem gewaltsamen Arm des Henkers zu überantworten.

Rübezahl hatte einmal die Sünderrolle übernommen und war entschlossen, sie zur Ehre der Justiz rein auszuspielen. Er schien wohlgefasst zum Sterben zu sein, und der fromme Mönch freute sich darüber; darum ermüdete er nicht, ihn in dieser Gemütsverfassung durch seinen geistlichen Zuspruch zu erhalten, und beschloss seinen Sermon mit dem tröstlichen Weidespruch: »So viel Menschen du bei deiner Ausführung erblicken wirst, die dich an die Gerichtsstätte geleiten, siehe, so viel Engel stehen schon bereit, deine Seele in Empfang zu nehmen und sie einzuführen ins schöne Paradies.«

Darauf ließ er ihn der Fesseln entledigen, wollte Beichte hören und dann lossprechen; doch fiel ihm ein, vorher noch die geistige Lektion zu wiederholen, damit der arme Sünder unterm Galgen im geschlossenen Kreise sein Glaubensbekenntnis frei und ohne Anstoß zur Erbauung der Zuschauer hersagen möchte. Aber wie erschrak der Ordensmann, da er inneward, dass der Ungelehrige sein Kredo die Nacht über völlig ausgeschwitzt hatte! Der fromme Mönch war völlig der Meinung, der Satan sei hier im Spiel und wolle dem Himmel die gewonnene Seele entreißen.

Die Zeit war darüber verlaufen, das peinliche Gericht war dafür, dass es nun an der Stunde sei, den Leib zu töten, und kümmerte sich nicht weiter um den Seelenzustand seines Schlachtopfers. Ohne der Hinrichtung länger Aufschub zu gestatten, wurde der Stab gebrochen, und obwohl Rübezahl

als ein verstockter Sünder ausgeführt wurde, so unterwarf er sich doch allen übrigen Formalitäten der Hinrichtung ganz willig. Als er von der Leiter gestoßen wurde, zappelte er am Strange nach Herzenslust und trieb das Spiel so arg, dass dem Henker dabei übel zumute war; denn es erhob sich ein plötzliches Getöse im Volk und einige schrieen, man solle den Henker steinigen, weil er den armen Sünder über die Gebühr martere. Um also Unglück zu verhüten, streckte sich Rübezahl lang aus und stellte sich an, als sei er tot. Da sich aber das Volk verlaufen hatte, und nachher einige Leute in der Gegend des

Hochgerichts hin und her wandelten, aus Vorwitz hinzutraten und den Kadaver beschauen wollten, fing der Scherztreiber am Galgen sein Spiel von neuem an und erschreckte die Beschauer durch fürchterliche Grimassen.

Daher lief gegen Abend in der Stadt ein Gerücht um, der Gehangene könne nicht sterben und tanze noch immer am Hochgericht, was den Senat bewog, des Morgens in aller Frühe die Sache untersuchen zu lassen. Als sie nun dahin kamen, fanden sie nichts als ein Wischlein Stroh am Galgen, mit alten Lumpen bedeckt, wie man es in die Erbsen zu stellen pflegt, die naschhaften Spatzen damit zu scheuchen. Worüber sich die Herren von Hirschberg bass wunderten, ließen in aller Stille den Strohmann abnehmen und verbreiteten, der große Wind habe zur Nachtzeit den leichten Schneider vom Galgen über die Grenze geweht.

Dritte Legende

Wie Rübezahl den Schuldschein löst

Nicht immer war Rübezahl bei der Laune, denen, die er durch seine Neckereien in Schaden und Nachteil gebracht hatte, einen so edelmütigen Ersatz zu geben. Oft machte er nur den Plagegeist aus boshafter Schadenfreude und kümmerte sich wenig darum, ob er einen Schurken oder einen Biedermann foppte. Oft gesellte er sich zu einem einsamen Wanderer als Geleitsmann, führte unbemerkt den Fremdling irre, ließ ihn an dem Absturz einer Bergzinne oder in einem Sumpf stehen und verschwand mit höhnendem Gelächter.

Zuweilen erschreckte er die furchtsamen Marktweiber durch abenteuerliche Gestalten wildfremder Tiere. Oft lähmte er den Reisenden das Ross, dass es nicht von der Stelle konnte, zerbrach den Fuhrleuten ein Rad oder eine Achse am Wagen, ließ vor ihren Augen ein abgerissenes Felsenstück in einen Hohlweg hinabrollen, das sie mit unendlicher Mühe auf die Seite räumen mussten, um sich freie Bahn zu machen. Oft hielt eine unsichtbare Kraft einen leeren Wagen, dass sechs rasche Pferde ihn nicht fortzuziehen vermochten, und ließ der Fuhrmann merken, dass er eine Neckerei von Rübezahl wähnte, oder brach er in Unwillen gegen den Berggeist aus, so hatte er ein Hornissenheer, das die Pferde wild machte, einen Steinhagel oder eine reichhaltige Tracht Prügel von unsichtbarer Hand zu erwarten.

Mit einem alten Schäfer, der ein gerader, treuherziger Mann war, hatte er Bekanntschaft gemacht und sogar eine Art von vertraulicher Freundschaft errichtet. Er gestattete ihm, mit der Herde bis an die Hecken seiner Gärten zu treiben, was ein anderer nicht hätte wagen dürfen. Der Geist hörte dem Graukopf bisweilen mit Vergnügen zu, wenn ihm dieser seinen unbedeutenden Lebenslauf erzählte. Des ungeachtet versah's der Alte doch einmal. Da er eines Tages nach Gewohnheit seine Herde in des Gnomen Gehege trieb, brachen einige Schafe durch die Hecken und weideten auf den Grasplätzen des Gartens; darüber ergrimmte Freund Rübezahl derart, dass er alsbald die Herde in wildem Getümmel den Berg hinabscheuchte, wodurch sie größtenteils verunglückte, und der Nahrungsstand des alten Schäfers in solchen Verfall kam, dass er sich darüber zu Tode grämte.

Ein Arzt aus Schmiedeberg, der auf dem Riesengebirge Pflanzen zu sammeln pflegte, genoss gleichfalls zuweilen die Ehre, mit seiner prahlerischen Gesprächigkeit den Gnomen zu unterhalten, der sich bald als Holzhauer, bald als Reisender zu ihm gesellte und sich vom Schmiedeberger Arzt seine Wunderkuren mit Vergnügen erzählen ließ. Er war zuzeiten so gutwillig, ihm das schwere Kräuterbündel ein gut Stück Weges zu tragen und ihm manche noch unbekannten Heilkräfte kundzutun. Der Arzt, der sich in der Kräuterkunde weiser dünkte als ein Holzhauer, empfand einst diese Belehrungen übel und sprach mit Unwillen: »Der Schuster soll bei seinem Leisten

bleiben, und der Holzhauer soll nicht den Arzt belehren. Weil du aber der Kräuter und Pflanzen kundig bist, so sage mir doch, du weiser Salomon, was war eher, die Eichel oder der Eichbaum?«

Der Geist antwortete: »Doch wohl der Baum, denn die Frucht kommt vom Baume.«

»Narr", sprach der Arzt, »wo kam denn der erste Baum her, wenn er nicht aus dem Samen spross, der in der Frucht verschlossen liegt?«

Der Holzhauer erwiderte: »Das ist, wie ich sehe, eine Meisterfrage, die mir schier zu hoch ist. Aber ich will Euch auch eine Frage vorlegen: Wem gehört dieser Erdengrund, worauf wir stehen, dem König von Böhmen oder dem Herrn vom Berge?« So nannten die Nachbarn den Berggeist, nachdem sie herausgefunden hatten, dass der Name Rübezahl im Gebirge nur Stöße und blaue Mäler einbrächte.

Der Arzt bedachte sich nicht lange: »Ich meine, dieser Grund und Boden gehöre meinem Herrn, dem König von Böhmen; denn Rübezahl ist ja nur ein Hirngespinst, ein Popanz, die Kinder damit fürchten zu machen.«

Kaum war das Wort aus seinem Munde, so verwandelte sich der Holzhauer in einen scheußlichen Riesen mit feuerfunkelnden Augen und wütender Gebärde, schnauzte den Arzt grimmig an und sagte mit rauher Stimme: »Hier ist Rübezahl, der dich popanzen wird, dass dir die Rippen krachen sollen«, erwischte ihn darauf beim Kragen, rannte ihn gegen die Bäume und Felsenwände, riss und warf ihn hin und her, schlug ihm zuletzt ein Auge aus und ließ ihn wie tot auf dem Platze liegen, dass sich der Arzt nachher stark vornahm, nie wieder ins Gebirge zu gehen. So leicht war's, Rübezahls Freundschaft zu verscherzen; doch eben so leicht war's auch, sie zu gewinnen.

Einem Bauern im Bezirk Reichenberg hatte ein böser Nachbar sein Hab und Gut abgenommen, und nachdem sich die Justiz seiner letzten Kuh bemächtigt hatte, blieb ihm nichts übrig als ein abgehärmtes Weib und ein halbes Dutzend Kinder, von denen er gern den Gerichten die Hälfte für sein letztes Stückchen Vieh verpfändet hätte. Zwar gehörten ihm noch ein Paar rüstige gesunde Arme, aber sie waren nicht hinreichend, sich und die Seinigen damit zu ernähren. Es schnitt ihm durchs Herz, wenn die jungen Raben nach Brot schrieen, und er nichts hatte, um ihren quälenden Hunger zu stillen.

»Mit hundert Talern", sprach er zu dem kummervollen Weibe, »wäre uns geholfen, unseren zerfallenen Haushalt wieder einzurichten und fern von dem streitsüchtigen Nachbarn ein

neues Eigentum zu gewinnen. Du hast reiche Vettern jenseits des Gebirges, ich will hin und ihnen unsere Not klagen; vielleicht, dass sich einer erbarmt und aus gutem Herzen von seinem Überfluss uns auf Zinsen leiht, soviel wir bedürfen.«

Das niedergedrückte Weib willigte mit schwacher Hoffnung eines glücklichen Erfolgs in diesen Vorschlag ein, weil sie keinen besseren wusste. Der Mann aber machte sich auf, und indem er Weib und Kinder verließ, sprach er ihnen Trost zu: »Weint nicht! Mein Herz sagt es mir, ich werde einen Wohltäter finden, der uns förderlicher sein wird als die vierzehn Nothelfer, zu denen ich so oft vergeblich gepilgert bin.«

Hierauf steckte er eine harte Brotrinde zur Zehrung in die Tasche und ging davon. Müde und matt von der Hitze des Tages und dem weiten Weg gelangte er zur Abendzeit in dem Dorf an, wo die reichen Vettern wohnten; aber keiner wollte ihn kennen, keiner wollte ihn beherbergen. Mit heißen Tränen klagte er ihnen sein Elend; aber die hartherzigen Filze achteten nicht darauf, kränkten den armen Mann mit Vorwürfen und beleidigenden Sprichwörtern.

Einer sprach: »Junges Blut, spar' dein Gut«, der andere: »Hochmut kommt vor dem Fall«, der dritte: »Wie du's treibst, so geht's«, der vierte: »Jeder ist seines Glückes Schmied«.

So höhnten und spotteten sie seiner, nannten ihn einen Prasser und Faulenzer, und endlich stießen sie ihn gar zur Tür hinaus. Eine solche Aufnahme hatte sich der arme Vetter bei der reichen Sippschaft seines Weibes nicht vorgestellt; stumm und traurig schlich er von dannen, und weil er nichts hatte, um das Schlafgeld in der Herberge zu bezahlen, musste er auf einem Heuschober im Felde übernachten. Hier wartete er schlaflos des zögernden Tages, um sich auf den Heimweg zu begeben.

Da er nun wieder ins Gebirge kam, überkam ihn Harm und Bekümmernis so sehr, dass er der Verzweiflung nahe war. Zwei Tage Arbeitslohn verloren, dachte er bei sich selber, matt und entkräftet von Gram und Hunger, ohne Trost, ohne Hoffnung! Wenn du nun heimkehrst und die sechs armen Würmer dir entgegenschmachten, ihre Hände aufheben, von dir Labsal zu begehren, und du für einen Bissen Brot ihnen einen Stein bieten musst! Vaterherz! Vaterherz! Wie kannst du's tragen! Brich entzwei, armes Herz, ehe du diesen Jammer fühlst! Hierauf warf er sich unter einen Schlehenbusch, seinen schwermütigen Gedanken weiter nachzuhängen.

Wie aber am Rande des Verderbens die Seele noch die letzten Kräfte anstrengt, ein Rettungsmittel auszukundschaften,

jede Hirnfaser auf und nieder läuft, alle Winkel der Phantasie durchspäht, Schutz oder Frist für den hereinbrechenden Untergang zu suchen; gleich einem Bootsmann, der sein Schiff sinken sieht, schnell die Strickleiter hinaufrennt, sich in den Mastkorb zu bergen, oder wenn er unter Verdeck ist, aus der Luke springt, in der Hoffnung, ein Brett oder eine ledige Tonne zu erhaschen, um sich über Wasser zu halten: so verfiel unter tausend nichtigen Anschlägen und Einfällen der trostlose Veit auf den Gedanken, sich an den Geist des Gebirges in seinem Anliegen zu wenden.

Er hatte viel abenteuerliche Geschichten von ihm gehört, wie er zuweilen die Reisenden gedrillt und geneckt, ihnen manchen Schimpf angetan, doch auch mitunter Gutes erwiesen habe. Es war ihm nicht unbekannt, dass er sich bei seinem Spottnamen nicht ungestraft rufen lasse; dennoch wusste er ihm auf keine andere Weise beizukommen; also wagte er es auf eine Prügelei hin und rief so sehr er konnte: »Rübezahl! Rübezahl!«

Auf diesen Ruf erschien alsbald eine Gestalt gleich einem rußigen Köhler mit einem fuchsroten Bart, der bis an den Gürtel reichte, feurigen, stieren Augen, und mit einer Schürstange bewaffnet, gleich einem Weberbaum, die er mit Grimm erhob, den frechen Spötter zu erschlagen.

»Mit Gunst, Herr Rübezahl«, sprach Veit ganz unerschrocken, »verzeiht, wenn ich Euch nicht recht anredete; hört mich nur an, dann tut, was Euch gefällt.«

Diese dreiste Rede und die kummervolle Miene des Mannes, die weder auf Mutwillen noch Vorwitz deutete, besänftigten den Zorn des Geistes etwas: »Erdenwurm«, sprach er, »was treibt dich, mich zu beunruhigen? Weißt du auch, dass du mir mit Hals und Haut für deinen Frevel büßen musst?«

»Herr«, antwortete Veit, »die Not treibt mich zu Euch, habe eine Bitte, die Ihr mir leicht gewähren könnt. Ihr sollt mir hundert Taler leihen, ich zahle sie Euch mit landesüblichen Zinsen in drei Jahren wieder, so wahr ich ehrlich bin!«

»Tor«, sprach der Geist, »bin ich ein Wucherer, der auf Zinsen leiht? Gehe hin zu deinen Menschenbrüdern und borge da so viel dir not tut, mich aber lass in Ruhe.«

»Ach!« erwiderte Veit, »mit der Menschenbrüderschaft ist's aus! Auf Mein und Dein gilt keine Brüderschaft.« Hierauf erzählte er ihm seine Geschichte der Länge nach und schilderte ihm sein drückendes Elend so rührend, dass ihm der Gnom seine Bitte nicht versagen konnte; und wenn der arme Tropf auch weniger Mitleid verdient hätte, so schien doch dem Geist das Unterfangen, von ihm ein Kapital zu leihen, so neu und sonderbar, dass er um des guten Zutrauens willen geneigt war,

des Mannes Bitte zu gewähren. »Komm, folge mir«, sprach er und führte ihn darauf waldeinwärts, in ein abgelegenes Tal zu einem schroffen Felsen, dessen Fuß ein dichter Busch bedeckte. Nachdem sich Veit nebst seinem Begleiter mit Mühe durchs Gesträuche gearbeitet hatte, gelangten sie zum Eingang einer finsteren Höhle. Dem guten Veit war nicht wohl dabei zumute, da er so im Dunkeln tappen musste; es lief ihm ein kalter Schauer nach dem anderen über den Rücken herab, und seine Haare sträubten sich empor.

Rübezahl hat schon manchen betrogen, dachte er, wer weiß, was für ein Abgrund mir vor den Füßen liegt, in den ich beim nächsten Schritt hinabstürze; dabei hörte er ein fürchterliches Brausen wie von einem Tagwasser, das sich in den tiefen Schacht ergoss. Je weiter er fortschritt, desto mehr engten ihm Furcht und Grauen das Herz ein. Doch bald sah er zu seinem Trost in der Ferne ein blaues Flämmchen hüpfen, das Berggewölbe erweiterte sich zu einem großen Saal, das Flämmchen brannte hell und schwebte als ein Hängeleuchter in der Mitte der Felsenhalle.

Auf dem Pflaster fiel ihm eine kupferne Braupfanne in die Augen, mit eitel harten Talern bis an den Rand gefüllt. Da Veit den Geldschatz erblickte, schwand alle seine Furcht und das Herz hüpfte ihm vor Freuden.

»Nimm«, sprach der Geist, »was du bedarfst, es sei wenig oder viel, nur stelle mir einen Schuldbrief aus, wenn du der Schreiberei kundig bist.«

64

Veit bejahte das und zählte sich gewissenhaft die hundert
Taler ab, nicht einen mehr und keinen weniger. Der Geist
schien auf das Zählungsgeschäft gar nicht zu achten, drehte

sich weg und suchte indes seine Schreibmaterialien hervor. Veit schrieb den Schuldbrief so bündig wie ihm möglich war.

Der Gnom schloss diesen in einen eisernen Schatzkasten und sagte zum Abschied: »Zieh hin, mein Freund, und nütze dein Geld mit arbeitsamer Hand. Vergiss nicht, dass du mein Schuldner bist, und merke dir den Eingang in das Tal und diese Felsenkluft genau. Sobald das dritte Jahr verflossen ist, zahlst du mir Kapital und Zins zurück; ich bin ein strenger Gläubiger, hältst du das nicht ein, so fordere ich es mit Ungestüm.«

Der ehrliche Veit versprach auf den Tag gute Zahlung zu leisten, versprach's mit seiner biederen Hand, doch ohne Schwur; verpfändete nicht seine Seele und Seligkeit, wie lose Bezahler zu tun pflegen, und schied mit dankbarem Herzen von seinem Schuldherrn in der Felsenhöhle, aus der er leicht den Ausgang fand. Die hundert Taler wirkten bei ihm so mächtig auf Seele und Leib, dass ihm nicht anders zumute war, da er das Tageslicht wieder erblickte, als ob er Balsam des Lebens in der Felsenkluft eingesogen habe. Freudig und gestärkt an allen Gliedern schritt er nun seiner Wohnung zu und trat in die elende Hütte, indem sich der Tag zu neigen begann. Sobald ihn die abgezehrten Kinder erblickten, schrien sie ihm einmütig entgegen: »Brot, Vater, einen Bissen Brot! Hast uns lange darben lassen.«

Das abgehärmte Weib saß in einem Winkel und weinte, fürchtete nach der Denkungsart der Kleinmütigen das Schlimmste und vermutete, dass der Ankömmling eine traurige Litanei anstimmen werde. Er aber bot ihr freundlich die Hand, ließ sie Feuer anschüren auf dem Herde; denn er trug Grütze und Hirse aus Reichenberg im Rucksack, wovon die Hausmutter einen steifen Brei kochen musste, dass der Löffel darin stand. Nachher gab er ihr Bericht von dem guten Erfolg seines Geschäftes. »Deine Vettern", sprach er, »sind gar rechtliche Leute, die mir

nicht meine Armut vor-
gehalten, haben mich
nicht verkannt oder
mich schimpflich vor
der Tür abgewiesen,
sondern mich freund-
lich beherbergt, Herz
und Hand mir geöffnet
und hundert Taler vor-
schussweise auf den
Tisch gezählt haben.«

Da fiel dem guten
Weib ein schwerer
Stein vom Herzen, der
sie lange gedrückt hat-

te. »Wären wir", sagte sie, »eher vor die rechte Schmiede
gegangen, so hätten wir uns manchen Kummer ersparen können.« Hierauf rühmte sie ihre Verwandtschaft, von der sie
sich vorher so wenig Gutes versprochen hatte, und tat recht
stolz auf die reichen Vettern.

Der Mann ließ ihr nach so vielen Drangsalen gern die Freude, die ihrer Eitelkeit so schmeichelhaft war. Da sie aber nicht
aufhörte die reichen Vettern zu loben und das viele Tage so
forttrieb, wurde Veit des Lobposaunens der Geizdrachen satt
und müde und sprach zum Weibe: »Als ich vor der rechten
Schmiede war, weißt du, was mir der Meister Schmied für
eine weise Lehre gab?«

Sie sprach: »Welche?«

»Jeder", sagte er, »sei seines Glückes Schmied, und man
müsse das Eisen schmieden, weil's heiß sei; drum lass uns
nun die Hände rühren und unserem Beruf fleißig nachgehen,
dass wir was vor uns bringen, in drei Jahren den Vorschuss

nebst Zinsen abzahlen können und aller Schuld quitt und ledig seien.«

Darauf kaufte er einen Acker und einen Heuschlag, dann wieder einen und noch einen, dann eine ganze Hufe; es war ein Segen in Rübezahls Geld, als wenn ein Hecktaler darunter wäre. Veit säte und erntete, wurde schon für einen wohlhabenden Mann im Dorfe gehalten, und sein Säckel langte noch immer zur Erweiterung seines Eigentums. Im dritten Sommer hatte er schon zu seiner Hufe ein Herrengut gepachtet, das ihm reichen Gewinn brachte; kurz er war ein Mann, dem alles, was er tat, zu gutem Glück gedieh.

Der Zahlungstermin kam nun heran, und Veit hatte so viel erübrigt, dass er ohne Beschwerde seine Schuld abtragen konnte; er legte das Geld zurecht, und auf den bestimmten Tag war er früh auf, weckte das Weib und alle seine Kinder, hieß sie waschen und kämmen und ihre Sonntagskleider anziehen, auch die neuen Schuhe und die scharlachenen Mieder und Brusttücher, die sie noch nicht auf den Leib gebracht hatten. Er selbst holte seinen Gottestischrock herbei und rief zum Fenster hinaus: »Hans, spann an!«

»Mann, was hast du vor?« fragte die Frau, »es ist heute weder Freitag noch ein Kirchweihfest, was macht dich so guten Mutes, dass du uns ein Wohlleben bereitet hast, und wo gedenkst du uns hinzuführen?«

Er antwortete: »Ich will mit Euch die reichen Vettern jenseits des Gebirges heimsuchen und dem Gläubiger, der mir durch seinen Vorschub wieder ausgeholfen hat, Schuld und Zins bezahlen, denn heute ist der Zahltag.«

Das gefiel der Frau wohl; sie putzte sich und die Kinder stattlich heraus, und damit die reichen Vettern eine gute Meinung von ihrem Wohlstand bekämen und sich ihrer nicht schämen dürften, band sie eine Schnur Dukaten um den Hals.

Veit rüttelte den schweren Geldsack zusammen, nahm ihn zu sich, und da alles in Bereitschaft war, saß er auf mit Frau und Kind. Hans peitschte die vier Hengste an, und sie trabten mutig über das Blachfeld nach dem Riesengebirge zu.

Vor einem steilen Hohlweg ließ Veit den Wagen halten, stieg ab und hieß den anderen gleiches tun, dann gebot er dem Knechte: »Hans, fahr langsam den Berg hinauf, oben bei den drei Linden sollst du auf uns warten, und wenn wir auch lange bleiben, so soll es dich nicht kümmern, lass die Pferde verschnauben und einstweilen grasen; ich weiß hier einen Fußpfad, der ist etwas gewunden, doch lustig zu wandeln!«

Darauf schlug er sich in Begleitung des Weibes und der Kinder waldeinwärts durch dicht Verwachsenes und spähte hin und her, dass die Frau meinte, ihr Mann habe sich verirrt, ermahnte ihn darum, zurückzukehren und der Landstraße zu folgen.

Veit aber hielt plötzlich still, versammelte seine sechs Kinder um sich her und redete also: »Du wähnst, liebes Weib, dass wir zu deiner Verwandtschaft ziehen; dahin steht jetzt nicht mein Sinn. Deine reichen Vettern sind Knauser und Schurken, die, als ich weiland in meiner Armut Trost und Zuflucht bei ihnen suchte, mich gefoppt, gehöhnt und mit Übermut von sich gestoßen haben. – Hier wohnt der reiche Vetter, dem wir unseren Wohlstand verdanken, der mir aufs Wort das Geld geliehen, das in meiner Hand so wohl gewuchert hat. Auf heute hat er mich herbestellt, Zins und Kapital ihm wiederzuerstatten. Wisst ihr nun, wer unser Schuldherr ist? Der Herr vom Berge, Rübezahl genannt!«

Das Weib entsetzte sich heftig über die Rede, schlug ein großes Kreuz vor sich, und die Kinder bebten und gebärdeten sich ängstlich vor Furcht und Schrecken, dass sie der Vater vor Rübezahl führen wollte. Sie hatten viel in den Spinnstuben

von ihm gehört, dass er ein scheußlicher Riese und Menschenfresser sei. Veit erzählte ihnen sein ganzes Abenteuer, wie ihm der Geist in Gestalt eines Köhlers auf sein Rufen erschienen sei und was er mit ihm verhandelt habe, in der Höhle, pries seine Mildtätigkeit mit dankbarem Herzen und so inniger Rührung, dass ihm die warmen Tränen über die freundlichen rotbraunen Backen herabträufelten.

»Wartet hier«, fuhr er fort, »jetzt geh' ich in die Höhle, mein Geschäft auszurichten. Fürchtet nichts, ich werde nicht lange aus sein, und wenn ich's vom Gebirgsherrn erlangen kann, so bring' ich ihn zu euch. Scheut euch nicht, eurem Wohltäter treuherzig die Hand zu schütteln, ob sie gleich schwarz und rußig ist; er tut euch nichts zuleide und freut sich seiner guten

Tat und unseres Dankes gewiss! Seid nur beherzt, er wird euch goldene Äpfel und Pfeffernüsse austeilen.«

Obgleich nun das bängliche Weib viel gegen die Wallfahrt in die Felsenhöhle einzuwenden hatte und auch die Kinder jammerten und weinten, sich um den Vater lagerten und ihn an den Rockfalten zurückzuziehen sich anstemmten, so riss er sich doch mit Gewalt von ihnen in den dicht verwachsenen Busch und gelangte zu dem wohlbekannten Felsen. Er fand alle Merkzeichen der Gegend wieder, die er sich wohl ins Gedächtnis geprägt hatte; die alte halberstorbene Eiche, an deren Wurzel die Kluft sich öffnete, stand noch, wie sie vor drei Jahren gestanden hatte, doch von einer Höhle war keine Spur mehr vorhanden. Veit versucht's auf alle Weise, sich den Eingang in den Berg zu öffnen, er nahm einen Stein, klopfte an den Felsen; er sollte, meinte er, sich auftun; er zog den schweren Geldsack hervor, klingelte mit den harten Talern und rief so laut er nur konnte: »Geist des Gebirges, nimm hin, was dein ist«; doch der Geist ließ sich weder hören noch sehen.

Also musste sich der ehrliche Schuldner entschließen, mit seinem Säckel wieder umzukehren. Sobald ihn das Weib und die Kinder von ferne erblickten, eilten sie ihm freudvoll entgegen; er war missmutig und sehr bekümmert, dass er seine Zahlung nicht an die Behörde abliefern konnte, setzt sich zu den Seinen auf einen Rasenrain und überlegte, was nun zu tun sei. Da fiel ihm sein altes Wagestück wieder ein. »Ich will«, sprach er, »den Geist bei seinem Ekelnamen rufen; wenn's ihn auch verdrießt, mag er mich bläuen und zupfen, wie er Lust hat, wenigstens hört er auf diesen Ruf gewiss;« schrie darauf aus Herzenskraft: »Rübezahl! Rübezahl!«

Das angstvolle Weib bat ihn, zu schweigen, wollte ihm den Mund zuhalten; er ließ sich nicht wehren und trieb's immer ärger.

Plötzlich drängte sich jetzt der jüngste Bub an die Mutter an, schrie bänglich: »Ach, der schwarze Mann!«.

Getrost fragte Veit: »Wo?«

»Dort lauscht er hinter jenem Baum hervor;« und alle Kinder krochen in einen Haufen zusammen, bebten vor Furcht und schrien jämmerlich. Der Vater blickte hin und sah nichts, es war eine Täuschung, nur ein leerer Schatten; kurz, Rübezahl kam nicht zum Vorschein, und alles Rufen war umsonst.

Die Familie trat nun den Rückweg an, und Vater Veit ging ganz betrübt und schwermütig auf der Landstraße vor sich hin. Da erhob sich vom Walde her ein sanftes Rauschen in den Bäumen, die schlanken Birken neigten ihre Wipfel, das bewegliche Laub der Espen zitterte, das Brausen kam näher, und der Wind schüttelte die weitausgestreckten Äste der Steineichen, trieb dürres Laub und Grashalme vor sich her, kräuselte im Weg kleine Staubwolken empor, an welchem artigen Schau-

spiel die Kinder, die nicht mehr an Rübezahl dachten, sich belustigten und nach den Blättern haschten, womit der Wirbelwind spielte. Unter dem dürren Laub wurde auch ein Blatt Papier über den Weg geweht, auf welches der kleine Geisterseher Jagd machte; doch wenn er danach griff, hob es der Wind auf und führte es weiter, dass er's nicht erlangen konnte.

Darum warf er seinen Hut danach, der's endlich bedeckte; weil's nun ein schöner weißer Bogen war und der sparsame Vater jede Kleinigkeit in seinem Haushalt zu nutzen pflegte, so brachte ihm der Knabe den Fund, um sich ein kleines Lob zu verdienen. Als dieser das zusammengerollte Papier aufschlug, um zu sehen, was es wäre, fand er, dass es der Schuldbrief war, den er an den Berggeist ausgestellt hat, von oben herein zerrissen, und unten stand geschrieben: Zu Dank bezahlt.

Wie das Veit inneward, rührt's ihn tief in der Seele, und er rief mit freudigem Entzücken: »Freue dich, liebes Weib, und ihr Kinder allesamt freut euch; er hat uns gesehen, hat unseren Dank gehört, unser guter Wohltäter, der uns unsichtbar umschwebte, weiß, dass Veit ein ehrlicher Mann ist. Ich bin meiner Zusage quitt und ledig, nun lasst uns mit frohem Herzen heimkehren.«

Eltern und Kinder weinten noch viele Tränen der Freude und des Dankes, bis sie wieder zu ihrem Fuhrwerk gelangten, und weil die Frau groß Verlangen trug, ihre Verwandtschaft heimzusuchen, um durch ihren Wohlstand die filzigen Vettern zu beschämen – denn der Bericht des Mannes hatte ihre Galle gegen die Knauser angeregt –, so rollten sie frisch den Berg hinab, gelangten in der Abendstunde in die Dorfschaft und hielten bei dem nämlichen Bauernhofe an, aus dem Veit vor drei Jahren hinausgestoßen worden war.

Er pochte diesmal ganz herzhaft an und fragte nach dem Wirt. Es kam ein unbekannter Mann zum Vorschein, der gar nicht

74

zur Verwandtschaft gehörte; von diesem erfuhr Veit, dass die reichen Vettern ausgewirtschaftet hatten. Der eine war gestorben, der andere verdorben, der dritte davongegangen, und ihre Stätte war nicht mehr gefunden in der Gemeinde. Veit übernachtete nebst seiner Wagengesellschaft bei dem gastfreien Hauswirt, der ihm und seinem Weibe das alles weitläufig erzählte, kehrte tags darauf in seine Heimat und an seine Berufsgeschäfte zurück, nahm zu an Reichtum und Gütern und blieb ein rechtlicher, angesehener Mann sein Leben lang.

Vierte Legende
Wie Rübezahl den Prügler zähmt

So sehr auch der Günstling des Gnomen alles getan hatte, den wahren Ursprung seines Glücks zu verheimlichen, um nicht ungestüme Bittsteller anzureizen, den gebirgischen Patron mit dreister Zudringlichkeit um ähnliche Spenden zu überlaufen, so wurde die Sache doch endlich ruchbar; denn wenn das Geheimnis des Mannes der Frau zwischen den Lippen schwebt, weht es das kleinste Lüftchen fort wie eine Seifenblase vom Strohhalm. Veitens Frau vertraute es einer verschwiegenen Nachbarin an, diese ihrer Gevatterin, diese ihrem Herrn Paten, dem Dorfbarbier, und der allen seinen Bartkunden; so kam's im Dorf und hernach im ganzen Kirchspiel herum.

Da spitzten die verdorbenen Hauswirte, die Lungerer und Müßiggänger das Ohr, zogen scharenweise ins Gebirge, beschimpften den Gnomen, hoben an ihn zu beschwören; zu ihnen gesellten sich Schatzgräber und Landfahrer, die das Gebirge durchkreuzten, allenthalben einschlugen und den Schatz in der Braupfanne zu heben vermeinten. Rübezahl ließ sie eine Zeitlang ihr Wesen treiben, wie sie Lust hatten, achtete es der

Mühe nicht wert, sich über die Toren zu erzürnen, trieb nur seinen Spott mit ihnen, ließ zur Nachtzeit da und dort ein blaues Flämmchen auflodern, und wenn die Laurer kamen, ihre Mützen und Hüte darauf warfen, ließ er sie manchen schweren Geldtopf ausgraben, den sie mit Freuden heimtrugen, neun Tage lang stillschweigend verwahrten, und wenn sie nun hinkamen, den Schatz zu besehen, fanden sie Stank und Unrat im Topf oder Scherben und Steine.

Gleichwohl ermüdeten sie nicht, das alte Spiel wieder zu beginnen und neuen Unfug zu treiben. Darüber wurde der Geist endlich unwillig, stäubte das lose Gesindel durch einen kräftigen Steinhagel aus seinem Gebiet hinaus und wurde gegen alle Wanderer so barsch und grämlich, dass keiner ohne Furcht das Gebirge betrat, auch selten ohne Dankzettel davonkam, und der Name Rübezahl wurde nicht mehr gehört im Gebirge seit Menschengedenken.

Eines Tages sonnte sich der Geist an der Hecke seines Gartens; da kam ein Weiblein ihres Weges daher in großer Unbefangenheit, die durch ihren sonderbaren Aufzug seine Aufmerksamkeit auf sich zog. Sie hatte ein Kind an der Brust liegen, eins trug sie auf dem Rücken, eins leitete sie an der Hand, und ein etwas größerer Knabe trug einen leeren Korb nebst einem Rechen; denn sie wollte Laub fürs Vieh laden.

Eine Mutter, dachte Rübezahl, ist doch wahrlich ein gutes Geschöpf, schleppt sich mit vier Kindern und wartet dabei ihres Berufs ohne Murren, wird sich noch mit der Bürde des Korbes belasten müssen.

Diese Betrachtung versetzte ihn in eine gutmütige Stimmung, die ihn geneigt machte, sich mit der Frau in Unterredung einzulassen. Sie setzte ihre Kinder auf den Rasen und streifte Laub von den Büschen; indes wurde den Kleinen die Zeit lang, und sie fingen an, heftig zu schreien.

Alsbald verließ die Mutter ihre Geschäfte, spielte und tändelte mit den Kindern, nahm sie auf, hüpfte mit ihnen singend und scherzend herum, wiegte sie in Schlaf und ging wieder an ihre Arbeit.

Bald darauf stachen die Mücken die kleinen Schläfer, sie fingen ihre Symphonien von neuem an; die Mutter wurde darüber nicht ungeduldig, sie lief ins Holz, pflückte Erdbeeren und Himbeeren und legte das kleinste Kind an die Brust. Diese mütterliche Behandlung gefiel dem Gnomen ungemein wohl.

Allein der Schreier, der vorher auf der Mutter Rücken ritt, wollte sich durch nichts befriedigen lassen, war ein störrischer, eigensinniger Junge, der die Erdbeeren, die ihm die liebreiche Mutter darreichte, von sich warf und dazu schrie, als wenn er aufgespießt wäre. Darüber riss ihr doch endlich die Geduld aus. »Rübezahl«, rief sie, »komm und friss mir den Schreier!«

Augenblicklich erschien der Geist in der Köhlergestalt, trat zum Weibe und sprach: »Hier bin ich, was ist dein Begehr?«

Die Frau geriet über diese Erscheinung in großen Schrecken; da sie aber ein frisches, herzhaftes Weib war, sammelte sie sich bald und fasste Mut. »Ich rief dich nur", sprach sie, »meine Kinder schweigen zu machen; nun, da sie ruhig sind, bedarf ich deiner nicht, sei bedankt für deinen guten Willen.«

»Weißt du auch", entgegnete der Geist, »dass man mich hier nicht ungestraft ruft? Ich halte dich beim Wort, gib mir deinen Schreier, dass ich ihn fresse; so ein leckerer Bissen ist mir lange nicht vorgekommen.« Darauf streckte er die rußige Hand aus, den Knaben in Empfang zu nehmen.

Wie eine Gluckhenne, wenn der Habicht hoch über dem Dach in den Lüften schwebt oder der schäkerhafte Spitz auf dem Hofe hetzt, mit ängstlichem Glucksen vorerst ihre Küchlein in den sicheren Hühnerkorb lockt, dann ihr Gefieder emporsträubt, die Flügel ausbreitet und mit dem stärkeren Feind einen ungleichen Kampf beginnt, so fiel das Weib dem schwarzen Köhler wütig in den Bart, ballte die kräftige Faust und rief: »Ungetüm! Das Mutterherz musst du mir erst aus dem Leibe reißen, ehe du mir mein Kind raubst.«

Einen so mutvollen Angriff hatte Rübezahl nicht erwartet, er wich gleichsam schüchtern zurück; dergleichen handfeste Erfahrungen in der Menschenkunde war ihm noch nie vorgekommen.

Er lächelte das Weib freundlich an: »Entrüste dich nicht! Ich bin kein Menschenfresser, wie du glaubst, will dir und deinen Kindern auch kein Leid antun. Aber lass mir den Knaben; der Schreier gefällt mir, will ihn halten wie einen Junker, will ihn in Samt und Seide kleiden und einen wackeren Kerl aus ihm ziehen, der Vater und Brüder einst nähren soll. Fordere hundert Schreckenberger, ich zahl sie dir.«

»Ha!«, lachte das rasche Weib, »gefällt Euch der Junge? Ja, das ist ein Junge, der wäre mir nicht um alle Schätze der Welt feil.«

»Törin!«, versetze Rübezahl, »hast du nicht noch drei Kinder, die dir Last und Überdruss machen! Musst sie kümmerlich nähren und dich mit ihnen plagen Tag und Nacht.«

Das Weib: »Wohl wahr, aber dafür bin ich Mutter, muss tun was meines Berufes ist. Kinder machen Überlast, aber auch manche Freude.«

Der Geist: »Schöne Freude, sich mit den Bälgen tagtäglich zu schleppen, sie zu gängeln, zu säubern, ihre Unart und ihr Geschrei zu ertragen!«

Sie: »Wahrlich, Herr, Ihr kennt die Mutterfreuden wenig. Alle Arbeit und Mühe versüßt ein einziger freundlicher Anblick, das holde Lächeln und Lallen der kleinen unschuldigen Würmer. Seht mir nur den Goldjungen da, wie er an mir hängt, der kleine Schmeichler! Nun ist er's nicht gewesen, der geschrien hat. Ach, hätte ich doch hundert Hände, die euch heben und tragen und für euch arbeiten könnten, ihr lieben Kleinen!«

Der Geist: »So! Hat denn dein Mann keine Hände, die arbeiten können?«

Sie: »O ja, die hat er! Er rührt sie auch, und ich fühl's zuweilen.«

Der Geist aufgebracht: »Wie? Dein Mann erkühnt sich, die Hand gegen dich aufzuheben? Gegen solch ein Weib? Das Genick will ich ihm brechen, dem Mörder!«

Sie lachend: »Da hättet Ihr viel Hälse zu brechen, wenn alle Männer mit dem Hals büßen sollten, die sich an der Frau vergreifen. Die Männer sind ein schlimmes Volk; drum heißt's: Ehestand, Wehestand; muss mich drein ergeben, warum hab' ich geheiratet?«

Der Geist: »Nun ja, wenn du wusstest, dass die Männer ein schlimmes Volk sind, so war's auch ein dummer Streich, dass du geheiratet hast.«

Sie: »Mag wohl sein! Aber Steffen war ein flinker Kerl, der guten Erwerb hatte, und ich eine arme Frau ohne Heiratsgut. Da kam er zu mir, begehrte mich zur Ehe, gab mir einen Wildemannstaler auf den Kauf, und der Handel war gemacht. Nachher hat er mir den Taler wieder abgenommen, aber den wilden Mann hab' ich noch.« – Der Geist lächelte: »Vielleicht hast du ihn wild gemacht durch deinen Starrsinn.«

Sie: »Oh, den hat er mir ausgetrieben! Aber Steffen ist ein
Knauser; wenn ich ihm einen Engelgroschen abfordere, so rast

er im Hause ärger als Ihr zuzeiten im Gebirge, wirft mir meine Armut vor, und da muss ich schweigen. Wenn ich ihm eine Aussteuer zugebracht hätte, wollt' ich ihm schon den Daumen aufs Auge halten.«

Der Geist: »Was treibt dein Mann für ein Gewerbe?«

Sie: »Er ist ein Glashändler, muss sich seinen Erwerb auch sauer verdienen; der arme Tropf schleppt die schwere Bürde jahraus jahrein aus Böhmen herüber; wenn ihm nun unterwegs ein Glas zerbricht, muss ich's und die armen Kinder freilich büßen; aber Liebesschläge tun nicht weh.«

Der Geist: »Du kannst den Mann noch lieben, der dir so übel mitspielt?«

Sie: »Warum nicht lieben? Ist er nicht der Vater meiner Kinder? Die werden alles gutmachen und uns wohl belohnen, wenn sie groß sind.«

Der Geist: »Leidiger Trost! Die Kinder danken auch den Eltern Müh' und Sorgen! Werden dir die Jungen den letzten Heller aus dem Schweißtuch pressen, wenn sie der Kaiser zum Heere schickt ins ferne Ungarland, dass die Türken sie erschlagen.«

Das Weib: »Ei nun, das kümmert mich auch nicht; werden sie erschlagen, so sterben sie für den Kaiser und fürs Vaterland in ihrem Beruf; können aber auch Beute machen und die alten Eltern pflegen.«

Hierauf erneuerte der Geist den Knabenhandel nochmals; doch das Weib würdigte ihn keiner Antwort, raffte das Laub in den Korb, band obendrauf den kleinen Schreier mit der Leibschnur fest, und Rübezahl wandte sich, als wollte er weitergehen.

Weil aber die Bürde zu schwer war, dass das Weib nicht aufkommen konnte, rief sie ihn zurück: »Ich hab' Euch einmal gerufen", sprach sie, »helft mir nun auch auf, und wenn Ihr ein

Übriges tun wollt, so schenkt dem Knaben, der Euch gefallen hat, ein Karfreitagsgröschel zu einem Paar Semmeln; morgen kommt der Vater heim, der wird uns Weißbrot aus Böhmen mitbringen.«

Der Geist antwortete: »Aufhelfen will ich dir wohl; aber gibst du mir den Knaben nicht, so soll er auch keine Spende haben.«

»Auch gut!« versetzte das Weib und ging ihres Weges.

Je weiter sie ging, desto schwerer wurde der Korb, dass sie unter der Last schier erlag und alle zehn Schritt verschnauben musste. Das schien ihr nicht mit rechten Dingen zuzugehen; sie wähnte, Rübezahl habe ihr eine Posse gespielt und eine Last

Steine unter das Laub gesteckt; darum setzte sie den Korb auf dem nächsten Rand ab und stürzte ihn um. Doch es fielen nur Laubblätter heraus und keine Steine. Also füllte sie ihn zur Hälfte wieder und raffte noch so viel Laub ins Vortuch, wie sie darin fassen konnte; aber bald ward ihr die Last von neuem zu schwer, und sie musste nochmals ausleeren, was die rüstige Frau sehr verwunderte; denn sie hatte gar oft hochbepackte Graslasten heimgetragen und solche Mattigkeit noch nie gefühlt. Desungeachtet beschickte sie bei ihrer Heimkunft den Haushalt, warf den Ziegen und den jungen Zicklein das Laub vor, gab den Kindern das Abendbrot, brachte sie in Schlaf, betete ihren Abendsegen und schlief flugs und fröhlich ein.

Die frühe Morgenröte und der wache Säugling, der mit lauter Stimme sein Frühstück forderte, weckten das geschäftige Weib zu ihrem Tagewerk aus dem gesunden Schlaf. Sie ging zuerst mit dem Melkfass ihrer Gewohnheit nach zum Ziegenstall. Welch schreckensvoller Anblick! Das gute, nahrhafte Haustier, die alte Ziege, lag hart und steif da, hatte alle Viere von sich gestreckt und war verschieden; die Zicklein aber verdrehten grässlich die Augen im Kopf, steckten die Zunge von sich, und gewaltsame Zuckungen verrieten, dass sie der Tod ebenfalls schüttelte. So ein Unglücksfall war der guten Frau noch nicht begegnet, seitdem sie wirtschaftete.

Ganz betäubt von Schrecken sank sie auf ein Bündel Stroh, hielt die Schürze vor die Augen, denn sie konnte den Jammer der Sterbenden nicht ansehen, und seufzte tief: »Ich unglückliches Weib, was fang ich an! Und was wird mein harter Mann beginnen, wenn er nach Hause kommt? Ach, hin ist mein ganzer Gottessegen auf dieser Welt!«

Augenblicklich strafte sie das Herz dieses Gedankens wegen. »Wenn das liebe Vieh dein ganzer Gottessegen ist auf dieser Welt, was ist denn Steffen und was sind deine Kinder?«

Sie schämte sich ihrer Übereilung; lass fahren dahin aller
Welt Reichtum, dachte sie, hast du doch noch deinen Mann
und deine vier Kinder. Ist doch die Milchquelle für den lieben Säugling noch nicht versiegt, und für die übrigen Kinder ist
Wasser im Brunnen. Wenn's auch Ärger mit Steffen gibt und er
mich übel schlägt, was ist's mehr als ein böses Ehestündlein?
Habe ich doch nichts verwahrlost. Die Ernte steht bevor, da
kann ich schneiden gehen, und auf den Winter will ich spinnen
bis in die tiefe Mitternacht; eine Ziege wird ja wohl wieder
zu erwerben sein, und habe ich die, so wird's auch nicht an
Zicklein fehlen.

Indem sie das bei sich gedachte, ward sie wieder frohen
Mutes, trocknete ihre Tränen ab, und wie sie die Augen auf-
hob, lag da vor ihren Füßen ein Blatt, das flitterte und blinkte
so hell, so hochgelb wie gediegen Gold; sie hob es auf, besah's,
und es war schwer wie Gold. Rasch sprang sie auf, lief damit

zu ihrer Nachbarin, zeigte ihr den Fund mit großer Freude, und diese erkannte es für reines Gold, schacherte es ihr ab und zählte ihr dafür zwei Dicktaler bar auf den Tisch.

Vergessen war nun all ihr Herzleid. Solchen Schatz an Barschaft hatte das arme Weib noch nie im Besitz gehabt. Sie lief zum Bäcker, kaufte Strietzel und Butterkringel und eine Hammelkeule für Steffen, die sie zurichten wollte, wenn er müde und hungrig auf den Abend von der Reise käme. Wie zappelten die Kleinen der fröhlichen Mutter entgegen, da sie hereintrat und ihnen ein so ungewohntes Frühstück austeilte! Sie überließ sich ganz der mütterlichen Freude, die hungrige Kinderschar zu füttern; und nun war ihre erste Sorge, das ihrer Meinung nach von einer Bösen getötete Vieh beiseite zu schaffen und dieses häusliche Unglück vor dem Mann so lange wie möglich zu verheimlichen.

Aber ihr Erstaunen ging über alles, als sie von ungefähr in den Futtertrog sah und einen ganzen Haufen goldener Blätter darin erblickte. Sie ahnte, woran das Vieh gestorben war, darum schärfte sie geschwind das Küchenmesser, brach den Ziegenleichnam auf und fand im Magenschlund einen Klumpen Gold, so groß wie ein Apfel, und so auch im Verhältnis in den Mägen der Zicklein.

Jetzt wusste sie ihres Reichtums kein Ende; doch mit dem Besitz empfand sie auch seine drückenden Sorgen; sie wurde unruhig, scheu, fühlte Herzklopfen, wusste nicht, ob sie den Schatz in die Lade verschließen oder in den Keller vergraben sollte, fürchtete Diebe und Schatzgräber, wollte auch den Knauser Steffen nicht gleich alles wissen lassen, aus gerechter Besorgnis, dass er, vom Wuchergeist angetrieben, den Mammon an sich nehmen und sie dennoch nebst den Kindern darben lassen möchte. Sie sann lange, wie sie's klug damit anstellen möchte, und fand keinen Rat.

Der Pfarrer im Dorf war der Schutzpatron aller bedräng-
ten Weiber, legte den ungestümen Haustyrannen, wenn Klage
einlief, schwere Bußen auf und nahm stets der Weiber Partei.
Sie nahm also ihre Zuflucht zu dem trostreichen Seelenpfleger,
berichtete ihm unverhohlen das Abenteuer mit Rübezahl, wie
er ihr zu großem Reichtum verholfen, und was sie dabei für
Anliegen habe, belegte auch die Wahrheit der Sache mit dem
ganzen Schatz, den sie bei sich trug. Der Pfarrer bekreuzigte
sich über das Wunderbare dieser Begebenheit mächtig, freute
sich gleichwohl über das Glück des armen Weibes und rückte
darauf sein Käpplein hin und her, für sie guten Rat zu suchen,
um ohne Spuk und Aussehen sie im ruhigen Besitz ihres Reichtums zu erhalten und auch Mittel auszufinden, dass der zähe
Steffen sich dessen nicht bemächtigen könne.

Nachdem er lange überlegt, redete er also: »Hör' an, meine Tochter, ich weiß guten Rat für alles. Wäge mir das Gold, dass ich's dir getreulich aufbewahre; dann will ich einen Brief schreiben in welscher Sprache, der soll dahin lauten: Dein Bruder, der vor Jahren in die Fremde ging, sei in der Venediger Dienst nach Indien geschifft und daselbst gestorben und habe all sein Gut dir im Testament vermacht, mit der Bedingung, dass der Pfarrer des Kirchspiels dich bevormunde, damit es dir allein und keinem anderen zu Nutz komme. Ich begehre weder Lohn noch Dank von dir; nur gedenke, dass du der heiligen Kirche einen Dank schuldig bist für den Segen, den dir der Himmel beschert hat, und gelobe ein reiches Messgewand für die Sakristei.«

Dieser Rat behagte dem Weibe herrlich; sie gelobte dem Pfarrer das Messgewand; er wog in ihrem Beisein das Gold gewissenhaft bis auf ein Quäntchen aus, legte es in den Kirchenschatz, und das Weib schied mit frohem und leichtem Herzen von ihm.

Rübezahl war nicht minder Weiberpatron als der gutmütige Pfarrer zu Kirsdorf, doch mit Unterschied. Der letztere verehrte das weibliche Geschlecht überhaupt, weil, wie er sagte, die heilige Jungfrau dazu gehöre; jener im Gegenteil hasste das ganze Geschlecht um eines Mädchens willen, das ihn überlistet hatte, obgleich ihn seine Launen zuweilen auf den milden Ton stimmten, ein einzelnes Weib in Schutz zu nehmen und ihr gefällig zu sein. So sehr die wackere Dörferin mit ihren Gesinnungen und Benehmen seine Gewogenheit erworben hatte, so ungehalten war er auf den barschen Steffen, trug großes Verlangen, das biedere Weib an ihm zu rächen, ihm eine Posse zu spielen, dass ihm angst und weh dabei würde, und ihn dadurch so kirre zu machen, dass er der Frau untertan würde, und sie ihm nach Wunsch den Daumen aufs Auge halten könne.

Zu diesem Vorhaben sattelte er den raschen Morgenwind, saß auf und galoppierte über Berg und Tal, spähte aus wie ein Ausreiter auf allen Landstraßen und Kreuzwegen von Böhmen her, und wo er einen Wanderer erblickte, der eine Bürde trug, war er hinter ihm her und forschte mit dem Scharfblick eines Korbbeschauers nach seiner Ladung. Zum Glück führte kein Wanderer, der diese Straße zog, Glasware, sonst hätte er für Schaden und Spott nicht sorgen dürfen, ohne einen Ersatz zu hoffen, wenn er auch der Mann nicht gewesen wäre, den Rübezahl suchte.

Bei diesen Anstalten konnte ihm der schwer beladene Steffen allerdings nicht entgehen. Um Vesperzeit kam ein rüstiger frischer Mann angeschritten mit einer großen Bürde auf dem Rücken. Unter seinem festen, sichern Tritt ertönte jedes Mal die Last, die er trug. Der Laurer freute sich, sobald er ihn in der Ferne witterte, dass ihm nun seine Beute gewiss war und rüstete sich, seinen Meisterstreich auszuführen.

Der keuchende Steffen hatte beinahe das Gebirge erstiegen; nur die letzte Anhöhe war noch zu gewinnen, dann ging es bergab nach der Heimat zu, darum sputete er sich, den Gipfel zu erklimmen; aber der Berg war steil und die Last war schwer. Er musste mehr als einmal ruhen, stützte den knotigen Stab unter den Korb, um das drückende Gewicht zu mindern, und trocknete den Schweiß, der ihm in großen Tropfen vor der Stirn stand. Mit Anstrengung der letzten Kräfte erreichte er endlich die Zinne des Berges, und ein schöner gerader Pfad führte zu dessen Abhang. Mitten am Weg lag ein abgesägter Fichtenbaum, und der Stumpf stand daneben, oben geebnet wie ein Tischblatt. Ringsumher grünten Tunkagras, Schwallenzagel und Marienflachs. Dieser Anblick war dem ermüdeten Lastträger so anlockend und zu einem Ruheplatz so bequem, dass er alsbald den schweren Korb auf den Klotz absetzte und sich gegenüber im Schatten auf das weiche Gras streckte. Hier übersann er, wieviel reinen Gewinn ihm seine Ware diesmal einbringen würde, und fand nach genauem Überschlag, dass, wenn er keinen Groschen fürs Haus verwendete und die fleißige Hand seines Weibes für Nahrung und Kleidung sorgen ließe, er gerade so viel lösen würde, um sich auf dem Markt zu Schmiedeberg einen Esel zu kaufen und zu befrachten.

Der Gedanke, wie er in Zukunft dem Grauschimmel die Last aufbürden und gemächlich nebenher gehen würde, war ihm zu der Zeit, wo seine Schultern eben wund gedrückt waren, so herzerquickend, dass er ihm, wie es bei frohen Idealen sehr natürlich ist, weiter nachging. Ist einmal der Esel da, dachte er, so soll mir bald ein Pferd daraus werden, und hab' ich nun den Rappen im Stalle, so wird sich auch ein Acker dazu finden, darauf sein Hafer wächst. Aus einem Acker werden dann leicht zwei, aus zweien vier, mit der Zeit eine Hufe und endlich ein Bauerngut, und dann soll Ilse auch einen neuen Rock haben.

Er war mit seinen Projekten beinahe so weit wie das Milch-
mädchen aus der Fabel, da tummelte Rübezahl seinen Wirbelwind um den Holzstock herum und stürzte mit einem Male
den Glaskorb herunter, dass der zerbrechliche Kram in tausend
Stücke zerfiel. Das war ein Donnerschlag in Steffens Herz; zugleich vernahm er in der Ferne ein lautes Gelächter, wenn's
anders nicht Täuschung war und das Echo den Laut der zer-
schellten Gläser nur wieder zurückgab. Er nahm's für Schadenfreude, und weil ihm der unmäßige Windstoß unnatürlich
schien, auch da er recht zusah, Klotz und Baum verschwunden
waren, so riet er leicht auf den Unglücksstifter.

»Oh!« wehklagte er, »Rübezahl, du Schadenfroher, was
habe ich dir getan, dass du mir mein Stückchen Brot nimmst,

meinen sauren Schweiß und Blut! Ach, ich geschlagener Mann auf Lebenszeit!« Hierauf geriet er in eine Art von Wut, stieß alle erdenklichen Schmähreden gegen den Berggeist aus, um ihn zum Zorn zu reizen.

»Halunke", rief er, »komm und erwürge mich, nachdem du mir mein alles auf der Welt genommen hast!« In der Tat war ihm auch das Leben in dem Augenblick nicht mehr wert als ein zerbrochenes Glas; Rübezahl ließ indessen weiter nichts von sich sehen noch hören.

Der verarmte Steffen musste sich entschließen, wenn er nicht den leeren Korb nach Hause tragen wollte, die Bruchstücke zusammenzulesen, um auf der Glashütte wenigstens ein Paar Spitzgläser zum Anfang eines neuen Gewerbes dafür einzutauschen. Tiefsinnig wie ein Reeder, dessen Schiff der gefräßige Ozean mit Mann und Maus verschlungen hat, ging er das Gebirge hinab, schlug sich mit tausend schwermütigen Gedanken, machte dazwischen dennoch allerlei Pläne, wie er den Schaden ersetzen und seinem Handel wieder aufhelfen könne.

Da fielen ihm die Ziegen ein, die seine Frau im Stall hatte; doch sie liebte sie schier wie ihre Kinder, und im Guten, wusste er, waren sie ihr nicht abzugewinnen. Darum erdachte er diesen Kniff, seinen Verlust gar nicht daheim zu erzählen, auch nicht bei Tage in seine Wohnung zurückzukehren, sondern um Mitternacht sich ins Haus zu stehlen, die Ziegen nach Schmiedeberg auf den Markt zu treiben und das daraus gelöste Geld zum Ankauf neuer Ware zu verwenden, bei seiner Rückkehr aber mit dem Weibe zu hadern und sich bärbeißig zu stellen, als habe sie durch Unachtsamkeit das Vieh in seiner Abwesenheit stehlen lassen.

Mit diesem wohlersonnenen Vorhaben schlich der unglückliche Mann nahe beim Dorf in einen Busch und erwartete mit sehnlichem Verlangen die Mitternachtsstunde, um sich selbst zu bestehlen. Mit dem Schlag zwölf machte er sich auf den Diebesweg, kletterte über die niedrige Hoftür, öffnete sie von innen und schlich mit Herzpochen zum Ziegenstall; er hatte doch Scheu und Furcht vor seinem Weib, auf einer unrechten Tat sich ertappen zu lassen. Wider Gewohnheit war der Stall unverschlossen, was ihn wunderte, ob's ihn gleich erfreute; denn er fand in dieser Fahrlässigkeit einen Schein von Recht, sein Vorhaben damit zu beschönigen. Aber im Stall fand er alles öde und wüst; da war nichts, was Leben und Odem hatte, weder Ziege noch Böcklein.

Im ersten Schrecken meinte er, es habe ihm bereits ein Dieb vorgegriffen, dem das Stehlen geläufiger sei als ihm; denn Unglück kommt selten allein. Bestürzt sank er auf die Streu und überließ sich, da ihm auch der letzte Versuch, seinen Handel wieder in Gang zu bringen, misslungen war, einer dumpfen Traurigkeit.

Seitdem die geschäftige Ilse vom Pfaffen wieder zurück war, hatte sie mit frohem Mute alles fleißig zugerichtet, ihren Mann mit einer guten Mahlzeit zu empfangen, wozu sie den geistlichen Weiberfreund auch eingeladen hatte, der versprach, ein Kännlein Speisewein mitzubringen, um beim fröhlichen Gelag dem aufgemunterten Steffen von der reichen Erbschaft des Weibes Bericht zu geben, und unter welcherlei Bedingungen er daran Genuss und Anteil haben solle. Sie sah gegen Abendzeit fleißig zum Fenster hinaus, ob Steffen käme, lief aus Ungeduld hinaus vors Dorf, blickte mit ihren schwarzen Augen auf die Landstraße hin, war bekümmert, warum er so lange weile, und da die Nacht hereinbrach, folgten ihr bange Sorgen und Ahnungen in die Bettkammer, ohne dass sie ans Abendbrot dachte. Lange kam ihr kein Schlaf in die ausgeweinten Augen, bis sie gegen Morgen in einen unruhigen, matten Schlummer fiel.

Den armen Steffen quälten Verdruss und Langeweile im Ziegenstalle nicht minder; er war so niedergedrückt und kleinlaut, dass er sich nicht traute, an die Tür zu klopfen. Endlich kam er doch hervor, pochte ganz verzagt an und rief mit wehmütiger Stimme: »Liebes Weib, erwache und tue deinem Mann auf!«

Sobald Ilse seine Stimme vernahm, sprang sie flink vom Lager wie ein munteres Reh, lief an die Tür und umhalste ihren Mann mit Freuden; er aber erwiderte diese herzigen Liebkosungen gar kalt und frostig, setzte seinen Korb ab und warf sich missmutig auf die Höllbank. Als das fröhliche Weib das Jammerbild sah, ging's ihr ans Herz.

»Was ist dir, lieber Mann", sprach sie bestürzt, »was hast du?«

Er antwortete nur durch Stöhnen und Seufzen; dennoch fragte sie ihm bald die Ursache des Kummers ab, und weil ihm das Herz zu voll war, konnte er sein erlittenes Unglück dem trauten Weib nicht länger verhehlen. Da sie vernahm, dass Rübezahl den Schabernack verübt hatte, erriet sie leicht die wohltätige Absicht des Geistes und konnte sich des Lachens nicht erwehren, was ihr Steffen bei mutiger Gemütsverfassung übel gelohnt hätte. Jetzt ahnte er den scheinbaren Leichtsinn nicht weiter und fragte nur ängstlich nach dem Ziegenvieh.

Das reizte noch mehr des Weibes Zwerchfell, da sie bemerkte, dass der Hausvogt schon allenthalben umherspioniert hatte. »Was kümmert dich mein Vieh?«, sprach sie, »hast du doch noch nicht nach den Kindern gefragt; das Vieh ist wohl aufgehoben draußen auf der Weide. Lass dich auch den Schelm von Rübezahl nicht anfechten und gräme dich nicht; wer weiß, wo er oder ein anderer uns reichen Ersatz dafür gibt.«

»Da kannst du lange warten", sprach der Hoffnungslose.

»Ei nun", versetzte das Weib, »unverhofft kommt oft. Sei unverzagt, Steffen! Hast du auch keine Gläser und ich keine

Ziegen mehr, so haben wir doch vier gesunde Kinder und vier gesunde Arme, sie und uns zu ernähren; das ist unser ganzer Reichtum.«

»Ach, dass es Gott erbarme!« rief der bedrängte Mann, »sind die Ziegen fort, so trage die vier Bälge nur gleich ins Wasser, nähren kann ich sie nicht.«

»Nun, so kann ich's« sprach Ilse.

Bei diesen Worten trat der freundliche Pfarrer herein, hatte vor der Tür schon die ganze Unterredung abgelauscht, nahm das Wort, hielt Steffen eine lange Predigt über den Text, dass der Geiz eine Wurzel alles Übels sei; und nachdem er ihm das Gesetz genügend eingeschärft hatte, verkündigte er ihm nun auch das Evangelium von der reichen Erbschaft des Weibes,

zog den welschen Brief heraus und verdolmetschte ihm daraus, dass der zeitige Pfarrer in Kirsdorf zum Vollstrecker des Testaments bestellt sei und die Hinterlassenschaft des abgeschiedenen Schwagers zu sicherer Hand bereits empfangen habe.

Steffen stand da wie ein stummer Ölgötze, konnte nichts als sich dann und wann verneigen, wenn bei Erwähnung der durchlauchten Republik Venedig der Pfarrer ehrerbietig ans Käpplein griff. Nachdem er wieder zu mehr Besonnenheit gelangt war, fiel er dem trauten Weib herzig in die Arme und tat ihr die zweite Liebeserklärung in seinem Leben, so warm wie die erste, und, obwohl sie jetzt aus anderen Beweggründen stammte, so nahm sie Ilse doch für gut auf. Steffen wurde von nun an der geschmeidigste, gefälligste Ehemann, ein liebevoller Vater seiner Kinder und dabei ein fleißiger, ordentlicher Wirt; denn Müßiggang war nicht seine Sache.

Der redliche Pfaffe verwandelte nach und nach das Gold in klingende Münze und kaufte davon ein großes Bauerngut, worauf Steffen und Ilse wirtschafteten ihr Leben lang. Den Überschuss lieh er auf Zins aus und verwaltete das Kapital so gewissenhaft wie den Kirchenschatz, nahm keinen anderen Lohn dafür als ein Messgewand, das Ilse so prächtig machen ließ, dass kein Erzbischof sich dessen hätte schämen dürfen.

Die zärtliche treue Mutter erlebte noch im Alter große Freude an ihren Kindern, und Rübezahls Günstling wurde gar ein wackerer Mann, diente im Heer des Kaisers lange Zeit unter Wallenstein im Dreißigjährigen Krieg.

Fünfte Legende

Wie Rübezahl dem falschen Berggeist spottet

eitdem Mutter Ilse von dem Gnomen so herrlich beschenkt worden war, ließ er lange Zeit nichts mehr von sich hören. Zwar trug sich das Volk mit allerlei Wundergeschichten, welche die Phantasie der Hausmütter an geselligen Winterabenden so lang und fein ausspann wie den Faden am Rocken; es war aber reine Fabelei zur Kurzweil ausgedacht.

Der Gräfin Cäcilie, eine Zeitgenossin und Schülerin von Voltaire, war noch in unseren Tagen die letzte Begegnung mit dem Gnomen vorbehalten, bevor er seine jüngste Hinabfahrt in die Unterwelt antrat. Diese Dame, mit Gicht und vornehmen Gebrechen beladen, machte nebst zwei gesunden blühenden Töchtern die Reise nach Karlsbad. Die Mutter verlangte so sehr nach der Badekur und die Fräuleins nach der Badegesellschaft, nach Bällen und den übrigen Lustbarkeiten des Bades, dass sie gerade mit Sonnenuntergang ins Riesengebirge gelangten.

Es war ein schöner warmer Sommerabend, kein Lüftchen regte sich. Der nächtliche Himmel, mit funkelnden Sternen besät, die goldene Mondsichel, deren milchfarbenes Licht die schwarzen Waldschatten der hohen Fichten milderte, und die beweglichen Funken unzähliger leuchtender Insekten, die in den Gebüschen scherzten, gaben die Beleuchtung zu einer der schönsten Naturszenen, obwohl die Reisegesellschaft wenig davon wahrnahm; denn Mama war, da es langsam bergan ging, von der schaukelnden Bewegung des Wagens in sanften Schlummer gewiegt worden, und die Töchter nebst der Zofe hatten sich jede in ein Eckchen gedrückt und schlummerten gleichfalls.

Nur dem wachsamen Johann kam auf der hohen Warte des Kutschbockes kein Schlaf in die Augen; alle Geschichten von Rübezahl, die er vorzeiten so inbrünstig angehört hatte, kamen ihm jetzt auf dem Tummelplatz dieser Abenteuer wieder in den Sinn, und er hätte wohl gewünscht, nie etwas davon gehört zu haben.

Ach, wie sehnte er sich nach dem sichern Breslau zurück, wohin sich nicht leicht ein Gespenst wagte! Er sah schüchtern nach allen Seiten umher und durchlief mit den Augen oft zweiunddreißig Regionen der Windrose in weniger als einer Minute, und wenn er etwas ansichtig wurde, das ihm bedenklich schien, lief ihm ein kalter Schauer den Rücken herunter, und die Haare stiegen ihm zu Berge. Zuweilen ließ er seine Besorgnisse den Schwager Postillon merken und forschte mit Fleiß von ihm, ob's auch geheuer sei im Gebirge. Obwohl ihn dieser durch einen kräftigen Fuhrmannsschwur beruhigte, bangte ihm doch das Herz unablässig.

Nach einer langen Pause der Unterredung hielt der Kutscher die Pferde an, murmelte etwas zwischen den Zähnen und fuhr weiter, hielt nochmals an und wechselte so verschiedentlich. Johann, der seine Augen fest geschlossen hatte, ahnte aus diesem Kutschmanöver nichts Gutes, blickte schüchtern auf und sah mit Entsetzen in der Weite eines Steinwurfs vor dem Wagen eine pechrabenschwarze Gestalt daherwandeln, von übermenschlicher Größe, mit einem weißen spanischen Halskragen angetan, und das Bedenkliche bei der Sache war, dass der Schwarzmantel keinen Kopf hatte. Hielt der Wagen, so stand der Wanderer, und regte der Peitschenschwinger die Pferde an, so ging auch er weiter.

»Schwager, siehst du was?«, rief der zaghafte Tropf vom hohen Kutschbock herab mit berganstehendem Haar.

»Freilich sehe ich was", antwortete dieser ganz kleinlaut; »aber schweig nur, dass wir's nicht irremachen.«

Johann waffnete sich mit allen Stoßgebeten, die er wusste und schwitzte dabei vor Angst kalten Todesschweiß. Und wie ein Blitzscheuer, wenn's in der Nacht wetterleuchtet und der Donner noch in der Ferne rollt, schon das ganze Haus rege macht, um sich durch die Geselligkeit vor der gefürchteten Gefahr zu sichern, so suchte aus dem gleichen Instinkt der verzagte Diener Trost und Schutz bei seiner schlummernden Herrschaft und klopfte hastig ans Fensterglas. Die erwachende Gräfin, unwillig, dass sie aus ihrem sanften Schlummer gestört wurde, fragte: »Was gibt's?«

»Ihro Gnaden, schauen Sie einmal aus«, rief Johann mit zagender Stimme, »dort geht ein Mann ohne Kopf.«

»Dummkopf, der du bist", antwortete die Gräfin, »was träumt deine Pöbelphantasie für Fratzen! Und wenn dem so wäre", fuhr sie scherzhaft fort, »so ist ja ein Mann ohne Kopf keine Seltenheit, es gibt deren in Breslau und außerhalb genug.« Die Fräuleins konnten indessen den Witz der gnädigen Mama diesmal nicht schmecken; ihr Herz war beklommen vor Schrecken, sie schmiegten sich schüchtern an die Mutter an, bebten und jammerten: »Ach, das ist Rübezahl, der Bergmönch!«

Die Dame aber, die von der Geisterwelt eine ganz andere Theorie hatte als ihre Töchter, strafte die Fräuleins dieser Vorurteile halber, bewies ihnen, dass alle Gespenster- und

Spukgeschichten Ausgeburten einer kranken Einbildungskraft
wären, und erklärte die Geistererscheinungen samt und sonders aus natürlichen Ursachen.

Ihre Rede war eben in vollem Gange, als der Schwarzmantel, der auf einige Augenblicke dem Gespensterspäher aus den Augen geschwunden war, wieder aus dem Busch hervor an den Weg trat. Da war nun deutlich wahrzunehmen, dass Johann falsch gesehen hatte; der Wandersmann hatte allerdings einen Kopf, nur dass er ihn nicht wie gewöhnlich zwischen den Schultern, sondern wie einen Schoßhund im Arme trug. Dieses Schreckbild in der Weite von drei Schritten erregte innerhalb und außerhalb des Wagens großes Entsetzen. Die holden Fräuleins und die Zofe, die sonst nicht gewohnt war mit einzureden, wenn ihre junge Herrschaft das Wort führte, taten aus einem Munde einen lauten Schrei, ließen den seidenen Vorhang herabrollen, um nichts zu sehen, und verbargen ihr Angesicht wie der Vogel Strauß, wenn er dem Jäger nicht mehr entrinnen kann. Mama schlug mit stummen Schrecken die Hände zusammen.

Johann, auf den es der furchtbare Schwarzmantel besonderes abgesehen zu haben schien, erhob in der Angst seines Herzens das gewöhnliche Feldgeschrei, womit die Gespenster begrüßt zu werden pflegen: »Alle guten Geister!«, doch ehe er ausgeredet hatte, schleuderte ihm das Ungestüm den abgehauenen Kopf gegen die Stirn, dass er Hals über Kopf von seinem hohen Polstersitz herabstürzte. Im nächsten Augenblick war auch der Postkutscher durch einen kräftigen Keulenschlag zu Boden gestreckt, und das Gespenst keuchte aus hohler Brust in dumpfen Ton diese Worte: »Nimm das von Rübezahl, dem Herrn des Gebirges, dass du ihm ins Gehege fuhrst! Verfallen ist mir Schiff, Geschirr und Ladung.«

Hierauf schwang sich das Gespenst auf den Sattel, trieb die Pferde an und fuhr bergab, bergan, über Stock und Stein, dass vor dem Rasseln der Räder und dem Schnauben der Rosse von dem Angstgeschrei der Damen nichts hörbar war.

Urplötzlich vermehrte sich die Gesellschaft um eine Person; ein Reiter trabte ganz unbefangen neben dem Fuhrmann vorbei und schien es gar nicht zu bemerken, dass diesem der Kopf fehlte; ritt vor dem Wagen her, als wenn er dazu gedungen wäre. Dem Schwarzmantel schien diese Gesellschaft eben nicht zu behagen, er lenkte nach einer anderen Richtung um, der Reiter tat dasselbe, und so oft auch jener aus dem Wege bog, so konnte er den lästigen Geleitsmann nicht loswerden, der wie zum Wagen gebannt war.

Das nahm den Fuhrmann groß wunder, besonders da er deutlich wahrnahm, dass der Schimmel des Reisigen einen Fuß zu wenig hatte, obgleich die dreibeinige Rosinante übrigens ganz schulgerecht trabte. Dabei wurde dem schwarzen Wagenführer auf dem Sattelgaule nicht wohl zumute und er fürchtete, seine Rübezahlsrolle dürfte bald ausgespielt sein, da sich der wahre Rübezahl ins Spiel zu mischen schien.

Nach Verlauf einiger Zeit drehte sich der Reiter, dass er dicht neben den Fuhrmann kam, und fragte ihn ganz traulich: »Landsmann ohne Kopf, wo geht die Reise hin?«

»Wo wird's hingehen", antwortete das Kutschergespenst mit furchtbarem Trutz, »wie Ihr seht, der Nase nach.«

»Wohl!« sprach der Reiter, »lass sehen Gesell, wo du die Nase hast!«

Darauf fiel er den Pferden in die Zügel, packte den Schwarzmantel beim Leibe und warf ihn so kräftig zur Erde, dass ihm alle Glieder dröhnten; denn das Gespenst hatte Fleisch und Bein, wie sie gewöhnliche Sterbliche ordentlicherweise zu haben pflegen. Behend wurde die Maske abgerissen; da kam ein wohlproportionierter Krauskopf zum Vorschein, der gestaltet war wie ein gewöhnlicher Mensch. Weil sich nun der Schalk entdeckt sah und die sichere Hand seines Gegners fürchtete, auch nicht zweifelte, der Reisige sei der leibhaftige Rübezahl, den er nachzuäffen sich unterfangen hatte, ergab er sich auf Diskretion und bat flehentlich um sein Leben.

»Gestrenger Gebirgsherr", sprach er, »habt Erbarmen mit einem Unglücklichen, der die Fußtritte des Schicksals von Jugend auf erfahren hat, der nie sein durfte, was er wollte, der jederzeit aus dem Charakter mit Gewalt herausgestoßen wurde, in den er sich mit Mühe hineinstudiert hatte, und nachdem seine Existenz unter den Menschen vernichtet ist, auch nicht einmal ein Gespenst sein darf.«

Diese Anrede war ein Wort geredet zu seiner Zeit. Der Gnom war gegen seinen Nebenbuhler so ergrimmt und würde ihn erdrosselt haben, wenn nicht seine Neugierde angeregt worden wäre, die Schicksale des Abenteurers zu vernehmen.

»Sitz auf, Gesell", sprach er, »und tue, was du geheißen wirst.« Darauf zog er vorerst dem Schimmel den vierten Fuß zwischen den Rippen hervor, trat an den Schlag, öffnete ihn und wollte die Reisegesellschaft freundlich begrüßen.

Aber drinnen war's still wie in einer Totengruft; der übermäßige Schrecken hatte das weibliche Nervensystem so

gewaltsam erschüttert, dass sich alle Lebensgeister aus den äußeren Werkzeugen der Empfindung hinter das Schutzgatter der Herzkammer geflüchtet hatten; alles was innerhalb des Wagens Leben und Odem hatte, von der gnädigen Frau bis auf die Zofe, lag in ohnmächtigem Hinbrüten. Der Reisige wusste indessen bald Rat zu schaffen; er schöpfte aus dem vorüberrieselnden Bächlein einer frischen Bergquelle seinen Hut voll Wasser, sprengte den erstorbenen Damen davon ins Gesicht, hielt ihnen das Riechglas vor, rieb ihnen von der flüchtigen Essenz an die Schläfe und brachte sie wieder ins Leben. Sie schlugen eine nach der anderen die Augen auf und erblickten einen wohlgestalteten Mann von unverdächtigem Ansehen, der durch seine Dienstbeflissenheit sich bald Zutrauen erwarb.

»Es tut mir leid, meine Damen", redete er sie an, »dass sie in meinem Gerichtsbezirk von einem entlarvten Bösewicht sind beleidigt worden, der ohne Zweifel die Absicht hatte, Sie zu bestehlen; aber Sie sind in Sicherheit, ich bin der Oberst von Riesental. Erlauben Sie, dass ich Sie zu meiner Wohnung geleite, die nicht fern ist.«

Diese Einladung kam der Gräfin sehr gelegen, sie nahm sie mit Freuden an; der Krauskopf bekam Befehl fortzufahren und gehorchte mit zagender Bereitwilligkeit. Um den armen Damen Zeit zu lassen, sich von ihrem Schrecken zu erholen, gesellte sich der Kavalier wieder zum Fuhrmann, hieß ihn bald rechts bald links wenden, und dieser bemerkte ganz eigentlich, dass der Ritter zuweilen eine von den herumschwirrenden Fledermäusen zu sich berief und ihr geheime Aufträge erteilte, was sein Grausen noch vermehrte.

In Zeit von einer Stunde blinkte in der Ferne ein Lichtlein, daraus wurden zwei und endlich vier; es kamen vier Jäger herangesprengt mit brennenden Windlichtern, die ihren Herrn, wie sie sagten, ängstlich gesucht hatten und erfreut schienen, ihn zu finden. Die Gräfin war nun wieder in vollem Gleichgewichte, und da sie sich außer Gefahr sah, dachte sie an den ehrlichen Johann und war um sein Schicksal bekümmert.

Sie eröffnete ihrem Schutzpatron dieses Anliegen, der alsbald zwei von den Jägern fortschickte, die beiden Unglückskameraden aufzusuchen und ihnen nötigen Beistand zu leisten. Bald darauf rollte der Wagen durchs düstere Burgtor in einen geraumen Vorhof hinein und hielt vor einem herrlichen Palast, der ganz erleuchtet war.

Der Kavalier bot der Gräfin den Arm und führte sie in die Prachtgemächer seines Hauses in eine große Gesellschaft ein, die daselbst versammelt war. Die Fräuleins befanden sich in keiner geringen Verlegenheit, dass sie in Reisekleidern in einen

so vornehmen Kreis traten, ohne vorher Toilette gemacht zu haben. Nach den ersten Höflichkeitsbezeugungen gruppierte sich die Gesellschaft wieder in verschiedene kleine Zirkel, einige setzten sich zum Spiel, andere unterhielten sich durch Gespräche. Das Abenteuer wurde viel beredet und, wie es bei Erzählungen überstandener Gefahren gewöhnlich der Fall ist, weiter ausgeschmückt.

Bald darauf führte der aufmerksame Wirt einen Mann ein, der recht wie gerufen kam; es war ein Arzt, der nach dem Gesundheitszustande der Gräfin und ihrer schönen Töchter forschte, den Puls prüfte und mit bedeutender Miene mancherlei bedenkliche Krankheitsanzeigen ahnte.

Obgleich sich die Dame nach Beschaffenheit ihrer Umstände so wohl befand wie jemals, so machte sie doch die angedrohte Gefahr für das Leben ängstlich; denn aller Liebesbeschwerden ungeachtet, war ihr der gebrechliche Körper noch so lieb wie ein langgewohntes Kleid, das man nicht gern entbehrt, obgleich es abgetragen ist.

Auf Verordnung des Arztes verschluckte sie starke Mengen temperierender Pulver und Tropfen, und die gesunden Töchter mussten wider Willen und Dank dem Beispiel der besorgten Mutter gleichfalls folgen.

Allzu nachgiebige Patienten machen strenge Ärzte; der blutdürstige Arzt bestand nun sogar auf einem Aderlass, zog in Ermangelung seines Handlangers, des Wundarztes, die rote Binde hervor, und die Gräfin bequemte sich zu dem angerühmten Schutzmittel gegen alle schädlichen Wirkungen des Schreckens unweigerlich. Denn nur mit Mühe vermochte es die Überredungskunst des Arztes und die mütterliche Autorität über die Fräuleins, dass sie die Furcht vor dem stählernen Zahn des Schneppers überwanden und den Fuß ins Wasser setzten.

Zuletzt kam auch die Kammerjungfer noch an die Reihe, obgleich sie doch beteuerte, sie sei so blutscheu, dass die kleinste Verwundung von einer Nähnadel ihr Schwindel und Ohnmachten zu erregen pflege, so kehrte sich der unerbittliche Arzt doch an kein Weigern, entstrumpfte den Fuß des niedlichen Mädchens ohne Barmherzigkeit und bediente sie kunstmäßig und sorgsam wie ihre Herrschaft.

Diese Operation war kaum vollendet, so begab man sich zur Tafel in den Speisesaal, wo ein königliches Mahl aufgetischt wurde. Die Schanktische waren bis an das Gesims des Deckengewölbes mit Silberwerk aufgeputzt; es prangten da goldene und übergüldete Pokale nebst den dazugehörigen Kredenzschalen von getriebener Arbeit. Eine herrliche Musik tönte aus

dem Nebenzimmer und flötete den leckerhaften Schmaus und die feinen Weine den Gästen lieblich hinunter.

Nach dem Abräumen der Schüsseln ordnete der Speisemeister den bunten Nachtisch, der aus Bergen und Felsen von gefärbtem Zucker und Leckereien bestand. Die Gräfin unterließ nicht, das alles in der Stille bei sich bewundernd zu beherzigen. Sie wendete sich an ihren ordengeschmückten Stuhlnachbarn, seiner Angabe nach ein böhmischer Graf, fragte neugierig, was für ein Galatag hier gefeiert werde, und erhielt zur Antwort, dass nichts Außerordentliches vorgehe, es sei nur ein freundschaftliches Zusammentreffen guter Bekannter, die sich hier zufälligerweise versammelt hätten.

Es wunderte sie, von dem wohlhabenden, gastfreien Obersten von Riesental weder in noch außerhalb von Breslau nie ein Wort gehört zu haben, und so emsig sie auch die vornehmen Geschlechtstafeln durchlief, wovon ihr Gedächtnis einen reichen Vorrat aufbewahrte, konnte sie doch diesen Namen darunter nicht ausfindig machen. Sie gedachte das von dem Wirte selbst zu erforschen, wovon sie Aufschluss und Belehrung begehrte; aber dieser wusste ihr so geschickt auszuweichen, dass sie nie mit ihm zum Ziele kam.

Geflissentlich riss er den Faden ab und zog die Unterredung in die lustigen Regionen des Geisterreichs hinüber; und in einer Gesellschaft, die sich auf den Ton der Geistergeschichten und Geisterseherei stimmt, wird's selten bald Feierabend, wenigstens mangelt es in diesen Fächern nie an Worthaltern und horchsamen Zuhörern.

Ein wohlgenährter Domherr wusste viel wundersame Geschichten von Rübezahl zu erzählen; man stritt für und wider seine Wahrheit; die Gräfin, die recht in ihrem Elemente war, wenn sie den Lehrton anstimmen und gegen Vorurteile zu Felde ziehen konnte, setzte sich an die Spitze der philosophischen Partei und trieb einen gelähmten Finanzrat, an dem nichts Gelenkes war als die Zunge, und der sich zu Rübezahls rechtlichem Anwalt aufwarf, durch ihre Starkgeisterei sehr in die Enge.

»Meine eigene Geschichte", fügte sie zum Schluss noch hinzu, »ist ein augenscheinlicher Beweis, dass alles, was man von dem berufenen Berggeist sagt, leere Träume sind. Wenn er hier im Gebirge sein Wesen hätte und die edlen Eigenschaften besäße, die ihm Fabler und müßige Köpfe zuschreiben, so würde er einem Schurken nicht gestattet haben, solchen Unfug auf seine Rechnung mit uns zu treiben. Aber das armselige Unding von Geist konnte seine Ehre nicht retten, und ohne den edelmütigen Beistand des Herrn von Riesental hätte der freche Bube sein Spiel soweit mit uns treiben können, wie er Lust hatte.«

Der Herr vom Hause hatte an diesen Gesprächen bisher wenig Anteil genommen; jetzt aber mischte er sich mit ins

Gespräch und nahm das Wort. »Sie haben die Geisterwelt völlig entvölkert, gnädige Frau, die ganze Schöpfung der Einbildungskraft ist durch Ihre Belehrung wie ein leichter Nebel vor unseren Augen dahingeschwunden. Sie haben auch das Nichtsein des alten Bewohners dieser Gegenden mit guten Gründen genug bewiesen, und sein rechtlicher Beistand, unser Finanzrat, ist verstummt. Dennoch glaube ich, ließen sich gegen Ihren letzten Beweis noch einige Einwände machen. Wie, wenn der fabelhafte Gebirgsgeist bei Ihrer Befreiung aus der Hand des entlarvten Räubers dennoch mit im Spiel gewesen wäre? Wie, wenn es dem Freund Rübezahl beliebt hätte, meine Gestalt anzunehmen, um Sie unter dieser unverdächtigen Maske in Sicherheit zu bringen? Wenn ich Ihnen nun sagte, dass ich mich von dieser Gesellschaft als Wirt des Hauses nicht einen Fuß breit entfernt habe? Dass Sie durch einen Unbekannten in meine Wohnung eingeführt worden sind, der nicht mehr vorhanden ist? So wäre es doch möglich, dass der Nachbar Berggeist seine Ehre gerettet hätte, und daraus würde folgen, dass er nicht ganz das Unding wäre, wofür Sie ihn halten.«

Diese Rede brachte die Gräfin einigermaßen aus der Fassung, und die schönen Fräuleins legten vor Erstaunen die Gabel aus der Hand und sahen dem Tischwirt starr ins Angesicht, um ihm aus den Augen zu lesen, ob das im Scherz oder Ernst gesagt sei. Die nähere Erörterung dieser Frage unterbrach die Ankunft des wiederaufgefundenen Bedienten und des Postkutschers. Dieser fühlte eben die Wonne beim Erblicken seiner vier Rappen im Stall, die der Bediente empfand, als er frohlockend ins Tafelgemach eintrat und dort seine Herrschaft vergnügt und wohlbehalten antraf. Triumphierend trug er das Corpus Delicti mit sich, das ungeheure Riesenhaupt des Schwarzmantels, durch das er wie von einer Bombe zu Boden geschmettert worden war.

Das Haupt wurde dem Arzt übergeben, um sein Gutachten darüber auszustellen. Doch ohne sein Messer zu zücken erkannte er es alsbald als einen ausgehöhlten Kürbis, der mit Sand und Steinen gefüllt und durch den Zusatz einer hölzernen Nase und eines langen Flachsbartes zu einem grotesken Menschenantlitz aufgestutzt war.

Nach aufgehobener Tafel schied die Gesellschaft auseinander, da der Morgen bereits heraufdämmerte. Die Damen fanden ein köstlich zubereitetes Nachtlager in seidenen Prunkbetten, wo

sie der Schlaf so geschwind überraschte, dass die Phantasie keine Zeit hatte, ihnen die Schreckensbilder der Gespenstergeschichte wieder vorzugaukeln und durch ihr gewöhnliches Schattenspiel ängstliche Träume zu spinnen.

Es war hoch am Tage, als Mama erwachte, der Zofe klingelte und die Fräuleins weckte, die gern noch einen Versuch gemacht hätten, in den weichen Daunen auch auf dem anderen

Ohr zu schlafen. Allein die Gräfin verlangte so sehr, die Heilkräfte des Bades möglichst bald zu versuchen, dass sie durch keine Einladung des gastfreien Hauswirtes zu bewegen war, noch einen Tag länger zu verweilen, so gern auch die Fräuleins dem Ball beigewohnt hätten, den er ihnen zu geben versprach. Gerührt durch die freundschaftliche Aufnahme, die sie im Schloss des Herrn vom Riesental genossen hatten, der ihnen auf die höflichste Art bis an die Grenzen seines Gebietes das Geleit gab, verabschiedeten sie sich mit dem Versprechen, auf der Rückreise wieder bei ihm einzukehren.

Kaum war der Gnom in seiner Burg angelangt, so wurde der Krauskopf ins Verhör geführt, der unter Furcht und Erwartung der Dinge, die da kommen würden, die Nacht in einem unterirdischen Keller zugebracht hatte.

»Elender Erdenwurm", redete ihn der Geist an, »was hält mich ab, dass ich dich zertrete für die in meinem Eigentum mir zu Spott und Hohn verübte Gaukelei? Büßen sollst du mir mit Haut und Haar für diese Frechheit.«

»Großguter Regent des Riesengebirges", fiel der Schlaukopf ihm ein, »so wohlbegründet Eure Rechte über diesen Grund und Boden sein mögen, die ich Euch auch nicht streitig mache, so sagt mir erst, wo Eure Gesetze angeschlagen sind, die ich übertreten habe, und dann verurteilt mich.«

Diese Virtuosensprache und die dreiste Ausflucht, die der Gefangene seinem strengen Richter im Wege des Rechtes entgegenstellte, ließen keinen gewöhnlichen Menschen vermuten. Darum mäßigte der Geist seinen Unwillen einigermaßen und sprach: »Meine Gesetze hat dir die Natur ins Herz geschrieben; aber damit du nicht sagen kannst, dass ich dich unverhörter Sache verurteilt habe, so rede und bekenne mir frei: Wer bist du und was trieb dich, hier im Gebirge als ein Gespenst zu tosen?«

Das war dem Verhafteten lieb zu hören, dass er zu Wort kommen sollte, hoffte er doch, sich durch die getreue Erzählung seiner Schicksale von der verwirkten Rache des Geistes loszuschwatzen, oder die Strafe doch wenigstens zu mildern.

»Weiland", fing er an, »hieß ich der arme Kunz und lebte in der Stadt Lauban als ehrlicher Beutelmacher kümmerlich von meiner Hände Arbeit; denn es gibt kein Gewerbe, das kärglicher nährt als die Ehrlichkeit. Obgleich meine Beutel guten Vertrieb fanden,

weil die Rede ging, das Geld ruhe darin wohl, indem ich als der siebente Sohn meines Vaters eine glückliche Hand hätte, so widerlegte sich doch dieser Glaube durch mich selbst; mein eigener Beutel blieb immer leer und ledig wie ein gewissenhafter Magen am Fasttage. Dass sich aber meinen Kunden das Geld in den von mir erworbenen Beuteln so wohl erhielt, lag nach meinem Dafürhalten weder an der glücklichen Hand des Meisters, noch an der Güte der Arbeit, sondern an dem Material meiner Beutel: Sie waren aus Leder.

Ihr sollt wissen, Herr, dass ein lederner Beutel das Geld allezeit fester hält als ein netzförmiger, durchlöcherter aus Seide. Wem an einem ledernen Beutel genügt, der ist nicht leicht ein Verschwender, sondern ein Mann, der, wie das Sprichwort sagt, den Knopf auf den Beutel hält; die durchsichtigen aber von Seide und Goldzwirn befinden sich in den Händen vornehmer Prasser, und da ist's kein Wunder, wenn sie an allen Orten ausrinnen wie ein durchlöchert Fass und, so viel man auch hineinschüttet, dennoch immer leer und ledig bleiben.

Mein Vater prägte seinen sieben Buben fleißig die goldene Lehre ein: Kinder, was ihr tut, das treibt mit Ernst; darum trieb ich mein Gewerbe unverdrossen, ohne dass mein Nahrungszustand dadurch gefördert wurde. Es kamen Teuerung, Krieg und bös Geld ins Land; meine Mitmeister dachten: Leichtes Geld, leichte Ware, ich aber dachte: Ehrlich währt am längsten, gab gute Ware für schlechtes Geld, arbeitete mich an den Bettelstab, war in den Schuldturm geworfen, aus der Innung gestoßen und, als mich meine Gläubiger nicht mehr länger ernähren wollten, ehrlich des Landes verwiesen.

Auf dieser Wanderschaft ins Elend begegnete mir einer meiner alten Kunden; er ritt auf einem stolzen Ross stattlich einher, rief mich an und höhnte mich: Du Pfuscher, du Lump, bist, sehe ich wohl, deiner Kunst nicht Meister, verstehst sie gar schlecht, weist den Darm aufzublasen und ihn nicht zu füllen, machst den Topf und kannst nicht drein kochen, hast Leder und keinen Leisten dazu, machst so herrliche Beutel und hast kein Geld.

Höre, Gesell, antwortete ich dem Spötter, du bist ein elender Schütz, triffst mit deinen Pfeilen nicht ans Ziel. Es sind mehr Dinge in der Welt, die zusammengehören und die man nicht beieinander findet; hat mancher einen Stall und kein Pferd hineinzuziehen, oder eine Scheune und keine Garben Korn auszudreschen, einen Brotschrank und kein Brot, oder einen Keller und keinen Haustrunk, und so sagt auch das Sprichwort: Einer hat den Beutel, der andere das Geld.

Besser ist doch beides zusammen, versetzte er; bist du gesonnen, bei mir in die Lehre zu treten, so will ich einen

vollkommenen Meister aus dir machen, und weil du das Beutel-
machen so wohl verstehst, will ich dich auch lehren, den Beutel zu füllen; denn ich bin ein Geldmacher meines Handwerks;
da nun beide Professionen einander in die Hand arbeiten, ist's
billig, dass die Kunstverwandten gemeine Sache machen.

Wohl, sprach ich, seid Ihr ein zünftiger Meister in irgendei-
ner Münzstadt, so mag's drum sein; aber münzt Ihr auf Eure
eigene Rechnung, so ist's halsbrechende Arbeit, die mit dem
Galgen lohnt, dann halte ich mich fern.

Wer nicht wagt, der nicht gewinnt, sprach er, und wer bei
der Schüssel sitzt und nicht zulangt, der mag hungern. Am
Ende läuft's auf eins hinaus, ob du erstickst oder verhungerst,
einmal muss es doch gestorben sein.

Nur mit Unterschied, fiel ich ihm ein, ob einer als ein ehrlicher Mann stirbt oder als ein Übeltäter.

Vorurteil, rief er, was kann das für eine Übeltat sein, wenn
einer ein Stück Metall rundet? Im Siebenjährigen Krieg ließ
Friedrich der Große durch Ephraim ebenfalls Münzen aus min-
derwertigem Silber prägen, weil der Staatsschatz erschöpft
war. Was dem einen recht ist, das ist dem anderen billig.

Kurz, der Mann hatte eine Gabe zu überreden, dass ich
mir seinen Vorschlag gefallen ließ. Ich fand mich bald ins
Handwerk, war eingedenk der väterlichen Lehre, mein Geschäft mit Ernst zu treiben, und erfuhr, dass die Geldmacher-
kunst besser und gemächlicher nähre als die Beutlerzunft. Aber
wir wurden entdeckt und laut Urteil und Recht auf Lebenszeit
auf den Festungsbau gebracht.

Hier lebte ich einige Jahre nach der Regel der büßenden Brüder, bis ein guter Engel, der damals im Lande herumzog, alle
Gefangenen los und ledig zu machen, die knochenfest und rüs-
tig waren, mir die Tür des Gefängnisses auftat. Es war ein
Werbeoffizier, der mir, anstatt für den König zu karren, den

edleren Beruf gab, für ihn zu fechten. Mit diesem Tausch war ich wohl zufrieden; ich nahm mir nun vor, ganz Soldat zu sein, zeichnete mich bei jeder Gelegenheit aus, war immer der Erste beim Angriff, und wenn wir zurückgingen, war ich so gewandt, dass mich der Feind nie einholen konnte.

Das Glück wollte mir wohl, schon führte ich eine Rotte Reiter an und hoffte bald höher zu steigen. Da ward ich einmal auf Lebensmittelbeschaffung ausgeschickt und befolgte meine Order so streng und pünktlich, dass ich nicht nur Speicher und Scheunen, sondern auch Kisten und Kasten in Häusern und Kirchen rein ausfouragierte. Zum Unglück war's in Freundes Land, das gab großen Lärm; gehässige Leute nannten das Unternehmen eine Plünderung, man machte mir als Plünderer den Prozess, ich wurde degradiert durch eine Gasse von fünfhundert Mann eilends aus dem ehrsamen Stande herausgestäupt, in dem ich gedachte mein Glück zu machen.

Jetzt wusste ich keinen anderen Rat, als wieder zu meinem Beruf zu greifen; aber es fehlte mir an Barschaft, Leder einzukaufen und an Lust zu arbeiten. Weil ich nun wegen des allzu wohlfeilen Verkaufs ein unstreitiges Recht auf meine ehemalige Ware zu haben vermeinte, so fasste ich den Entschluss, mich dieser mit guter Arbeit wieder zu bemächtigen, und ob sie schon durch langen Gebrauch abgenutzt war, mich dennoch meines Schadens in etwas dadurch zu erholen. Darum fing ich an, die Taschen zu untersuchen, und hielt jeden Beutel, den ich witterte, für einen von meiner Arbeit, machte Jagd darauf, und alle derer ich mich bemächtigen konnte, erklärte ich alsbald als gute Kriegsbeute.

Bei dieser Gelegenheit hatte ich die Freude, einen guten Teil meiner eigenen Münzen wieder einzukassieren; denn obgleich sie verrufen waren, so kursierten sie doch nach wie vor in Handel und Wandel. Dies Gewerbe ging eine Zeitlang wohl

Dr Hütenthüth

vonstatten; ich besuchte unter mancherlei Gestalten, bald als Kavalier, bald als Handelsmann Messen und Märkte, hatte mich so gut in mein Fach einstudiert, meine Hand war so geübt und behende, dass sie nie einen Fehlgriff tat und mich reichlich nährte. Diese Lebensart behagte mir so trefflich, dass ich beschloss, dabei zu bleiben; doch der Eigensinn meines Geschicks gestattete mir nie, das zu sein, was ich wollte.

Ich bezog den Jahrmarkt zu Liegnitz und hatte da den Beutel eines reichen Pächters aufs Korn genommen, der von Gold strotzte wie der Bauch seines Besitzers von Schmer. Durch die Unbeholfenheit des schweren Säckels missriet der Kunstgriff meiner Hand; ich wurde auf der Tat ergriffen und unter der gehässigen Anklage, ein Beutelschneider zu sein, vor Gericht gestellt, obschon ich diesen Namen nicht in einer unehrlichen Bedeutung verdiente.

Ich hatte zwar ehedem Beutel genug zugeschnitten, aber nie hatte ich einem Menschen den Geldbeutel abgeschnitten, wie man mich doch beschuldigte; sondern alle, die ich erbeutet hatte, waren mir gleichsam freiwillig in die Hände gelaufen, als wenn sie zu ihrem ersten Eigentümer zurückkehren wollten. Diese Ausreden halfen zu nichts, ich wurde in den Stock gelegt, und mein Unstern wollte, dass ich abermals nach Urteil und Recht aus meinem Erwerbszweig hinausgestäupt werden sollte. Diesem lästigen Verfahren kam ich zuvor, ersah meine Gelegenheit und strich mich in der Stille aus dem Gefängnis.

Ich war unentschlossen, was ich nun anfangen und treiben sollte, um nicht zu hungern; auch der Versuch, ein Bettler zu werden, missriet. Die Polizei in Großglogau nahm mich in Anspruch, wollte mich wider Willen und Dank verpflegen und mit Gewalt in einen Beruf hineinzwängen, der mir widerstrebte. Mit Mühe und Not entkam ich dieser strengen Gerichtsbarkeit, die sich herausnimmt, die ganze Welt zu bevormunden.

Ich mied darum die Städte und trieb mich als ein herum-
ziehender Weltbürger auf dem Lande herum. Hier traf sich's,
dass die Gräfin gerade durch den Flecken reiste, wo ich meinen Aufenthalt hatte; es war etwas an ihrem Wagen zerbro-
chen, das wieder ausgebessert werden musste, und unter
mehreren müßigen Leuten, welche die Neugierde trieb, nach
der fremden Herrschaft zu gaffen, trat ich auch mit unter den
Haufen und machte Bekanntschaft mit dem Bedienten, der mir
in der Einfalt seines Herzens anvertraute, dass ihm vor Euch,
Herr Rübezahl, gewaltig bange sei, weil wegen des Verzugs
die Reise nun in der Nacht durchs Gebirge gehen würde.

Das brachte mich auf den Einfall, die Zaghaftigkeit der Reisegesellschaft zu nutzen und in der Geisterwelt meine Talente
zu versuchen. Ich schlich mich seitab in die Wohnung meines
Patrons und Pflegers, des Dorfküsters, der eben abwesend
war, bemächtigte mich seiner Amtskleidung, einem schwarzen Mantel; zugleich fiel mir ein Kürbis ins Auge, der zum Aufputz des Kleiderschranks diente. Mit dieser Ausrüstung und
einem handfesten Bleuel versehen, begab ich mich in den Wald

und staffierte da meine Maske aus. Welchen Gebrauch ich davon gemacht habe, ist Euch genugsam bekannt, und dass ich ohne Eure Dazwischenkunft meinen Meisterstreich glücklich ausgeführt hätte, ist außer Zweifel; mein Spiel war bereits gewonnen.

Nachdem ich mich der beiden feigen Kerle entledigt hatte, war meine Absicht, den Wagen tief in den Wald hineinzuführen und, ohne den Damen das Geringste zuleide zu tun, nur einen kleinen Trödelmarkt zu eröffnen und den schwarzen Mantel, der in Absicht seiner mir geleisteten Dienste von keinem geringen Wert war, gegen ihre Barschaft und Geschmeide zu vertauschen, ihnen eine glückliche Reise zu wünschen und mich bestens zu empfehlen.

Aufrichtig gesprochen, Herr, von Euch fürchtete ich am wenigsten, dass Ihr mir den Markt verderben würdet. Die Welt ist so ungläubig, dass man nicht einmal die Kinder mit Euch mehr fürchten machen kann, und wenn nicht etwa noch hier und da ein Tropf, wie der Bediente der Gräfin, oder ein Weib hinter dem Rock Euch zuweilen erwähnte, so hätte Euch die Welt längst vergessen. Ich dachte, wer Rübezahl sein wollte, der dürfte es, ich bin nun eines anderen belehrt und befinde mich in Eurer Gewalt, habe mich auf Gnade und Ungnade ergeben und hoffe, dass meine offenherzige Erzählung Euren Unwillen mildern werde.

Euch wäre es ein kleines, einen ehrlichen Kerl aus mir zu machen. Wenn Ihr mich mit einem guten Zehrpfennig aus Eurer Braupfanne entließet oder mir so wie jenem hungrigen Passagier ein Schock Heckschlehen von Eurem Zaun pflücktet, der sich auf Eurem Obst zwar einen Zahn ausbiss, aber die Schlehen hernach in goldene Knöpfe verwandelt fand; oder wenn Ihr mir von den acht goldenen Kegeln, die Euch übrig sind, einen verehrtet, davon Ihr den neunten weiland einem Prager Studenten schenktet, der mit Euch kegelte; oder den Milchkrug, dessen geronnene Milch sich in Goldkäse verwandelte; oder wenn ich straffällig bin, mich so wie jenen wandernden Schuster schulmeisterhaft mit der goldenen Rute strichet und mir solche hernach zum Andenken verehrtet, wie die Handwerker auf ihren Gelagen und Herbergen von Euch zu erzählen wissen, so wäre mein Glück mit einem Mal gemacht.

Wahrlich Herr! Wenn Ihr die Bedürfnisse der Menschen fühltet, so würdet Ihr ermessen, dass es schwer hält, ein Biedermann zu sein, wenn man an allem Mangel leidet; denn wenn man zum Beispiel Hunger fühlt und kein Scherflein im Beutel hat, so ist es eine Heldentugend, eine Semmel nicht zu stehlen von dem Brotvorrat, den ein reicher Bäcker auf seinem Laden zur Schau ausgestellt hat. Das Sprichwort sagt: Not hat kein Gebot.«

»Geh, Schurke«, sprach der Gnom, nachdem der Krauskopf ausgeredet hatte, »so weit dich deine Füße tragen, und ersteige den Gipfel deines Glücks am Galgen!«

Hierauf verabschiedete er seinen Häftling mit einem kräftigen Fußtritte, und dieser war froh, dass er mit so gelinder Strafe abkam und pries seine Rede, die seiner Meinung nach ihn diesmal aus einer sehr kritischen Lage gezogen hatte. Er sputete sich fleißigst, dem gestrengen Gebirgsherrn aus den Augen zu kommen, und ließ in der Eile gar den schwarzen Mantel zurück. So sehr er aber eilte, so schien es doch, als wenn er nicht von der Stelle käme, er sah immer die gleichen Gegenden und Berge vor sich, obgleich er die Burg, in der er ein Gefangener gewesen war, aus den Augen verloren hatte.

Abgemattet von diesem endlosen Kreislauf, legte er sich unter einen Baum, im Schatten ein wenig auszuruhen und auf irgendeinen Wanderer zu lauern, der ihm zum Wegweiser dienen könnte. Darüber fiel er in einen festen Schlaf, und als er erwachte, war um ihn her dicke Finsternis; er wusste gar wohl, dass er unter einem Baume eingeschlafen war, gleichwohl hörte er kein Säuseln des Windes in den Ästen, sah auch keinen Stern durch das Laub schimmern, noch die geringste Nachthellung.

Im ersten Schrecken wollte er aufspringen; da hielt ihn eine unbekannte Kraft zurück, und die Bewegung, die er machte, gab ein laut widerhallendes Geräusch wie das Geklirr von Ketten; nun wurde er gewahr, dass er in Fesseln lag, und vermeinte viel hundert Klafter unter der Erde wieder in Rübezahls Gewahrsam zu sein, worüber ihm große Furcht und Entsetzen ankam.

Nach ewigen Stunden begann es um ihn her zu tagen, doch fiel das Licht nur kärglich durch das eiserne Gitter eines kleinen Fensters zwischen den Mauern herein. Ohne zu wissen, wo er sich eigentlich befand, kam ihm der Kerker doch nicht ganz fremd vor; er hoffte auf den Gefangenenwärter, wiewohl vergebens.

Es verlief eine lange Stunde nach der anderen, Hunger und Durst peinigten den Verhafteten, er fing an Lärm zu machen, rasselte mit den Ketten, pochte an die Wand, rief ängstlich um Hilfe und vernahm Menschenstimmen in der Nähe; aber niemand wollte die Tür des Gefängnisses auftun. Endlich waffnete sich der Kerkermeister mit einem Gespenstersegen, öffnete die Tür, schlug ein großes Kreuz vor sich und fing an, den Teufel auszutreiben, der seiner Einbildung nach in dem ledigen Kerker tobte.

Doch da er die Spukerei näher betrachtete, erkannte er seinen entwichenen Gefangenen, den Beutelschneider, und Kunz erkannte den Kerkermeister in Liegnitz. Jetzt wurde er inne, dass ihn Rübezahl wieder zurückbefördert hatte.

»Sieh da, Krauskopf!« redete ihn der Gerichtsfrohn an, »bist du wieder in deinen Käfig gehüpft? Woher des Landes?«

»Immer da zum Tor herein“, antwortete Kunz, »bin des Herumlaufens müde, habe mich, wie Ihr seht, in Ruhe gesetzt und mein altes Quartier wieder aufgesucht, so Ihr mich beherbergen wollt.«

Obgleich niemand begreifen konnte, wie der Gefangene wieder in den Turm gekommen sei und wer ihm die Fesseln angelegt habe, so behauptete Kunz, der sein Abenteuer nicht kund werden lassen wollte, dennoch dreist, er habe sich freiwillig wieder eingefunden, ihm sei die Gabe verliehen, nach Gefallen durch verschlossene Türen aus und ein zu gehen, die Fesseln anzulegen, und sich ihrer, wenn er wollte, wieder zu entledigen; denn ihm sei kein Schloss zu fest.

Durch diesen scheinbaren Gehorsam bewogen, verschonten ihn die Richter mit der verwirkten Strafe und legten ihm nur auf, so lange für den König zu karren, bis er sich nach Gefallen der Fesseln entledigen würde. Man hat aber nicht vernommen, dass er von dieser Bewilligung jemals Gebrauch gemacht hätte.

Die Gräfin Cäcilie war indessen mit ihrer Begleitung glücklich und wohlbehalten in Karlsbad angelangt. Das Erste, was sie tat, war den Badearzt zu sich zu rufen und ihn wie gewöhnlich über ihren Gesundheitszustand und die Einrichtung der Kur zu konsultieren. Da trat der weiland hochberühmte Arzt Doktor Springsfeld aus Merseburg herein, der die goldene Quelle in Karlsbad nicht einmal gegen den paradiesischen Fluss Pischon im Garten Eden eingetauscht hätte.

»Seien Sie uns willkommen, lieber Doktor“, riefen Mama und die holden Fräuleins ihm traulich und freundlich entgegen. »Sie sind uns zuvorgekommen“, fügte Mama hinzu, »wir vermuteten Sie noch bei dem Herrn von Riesental, aber guter Mann, warum haben Sie uns dort verschwiegen, dass Sie der Badearzt sind?«

»Ach, Herr Doktor“, fiel Fräulein Hedwig ein, »Sie haben mir die Ader durchgeschlagen, der Fuß schmerzte mich, ich werde hier nur hinken und nicht mehr Walzer tanzen können.«

Der Arzt stutzte, sann lange hin und her und erinnerte sich nicht, die Damen irgendwo gesehen zu haben. »Ihro Gnaden verwechseln ohne Zweifel mich mit einem anderen“, sprach er, »ich habe vordem nicht die Ehre gehabt, Ihnen persönlich bekannt zu sein; der Herr von Riesental gehört auch nicht zu meiner Bekanntschaft, und während der Kurzeit pflege ich mich nie von hier zu entfernen.«

Die Gräfin konnte keinen anderen Grund von diesem strengen Inkognito, das der Arzt so ernsthaft behauptete, sich geben, als dass er ganz gegen die Denkweise seiner Kollegen für seine geleisteten Dienste nicht wollte belohnt sein.

Sie erwiderte lächelnd: »Ich verstehe Sie, lieber Doktor; Ihr Zartgefühl geht aber zu weit; es soll mich nicht abhalten, mich für Ihre Schuldnerin zu bekennen und für Ihren guten Beistand dankbar zu sein.« Sie nötigte ihm darauf eine goldene Dose mit Gewalt auf, die der Arzt jedoch nur als Vorauszahlung annahm. Und um die Dame als eine gute Kundin nicht unwillig zu machen, widersprach er ihr nicht weiter.

Doktor Springsfeld war keiner der unbehilflichen Ärzte, die außer der Gabe, ihre Pillen und Salben anzupreisen, keine andere besitzen, sich ihren Patienten lieb und angenehm zu machen; er wusste seine Kunden mit artigen Geschichten, Stadtneuigkeiten und kleinen Anekdoten wohl zu unterhalten und ihre Lebensgeister dadurch aufzumuntern. Da er vom Besuch der Gräfin seine medizinische Runde ging, gab er die sonderbare Begegnung mit der neuen Kundschaft in jedem Besuchszimmer zum Besten, ließ bei der oftmaligen Wiederholung die Sache unvermerkt wachsen und kündigte die Dame bald als eine Kranke, bald als Medium oder Seherin an.

Man war begierig, eine so außerordentliche Bekanntschaft zu machen, und die Gräfin Cäcilie wurde in Karlsbad das Märchen des Tages. Alles drängte sich in der Gesellschaft zu ihr, da sie mit ihren schönen Töchtern zum ersten Mal erschien. Es war ihr und den Fräuleins ein höchst überraschender Anblick, die ganze Gesellschaft hier anzutreffen, in die sie vor einigen Tagen in dem Schlosse des Herrn von Riesental waren eingeführt worden. Der ordengeschmückte Graf, der wohlbeleibte Domherr, der gelähmte Finanzrat fielen ihnen gleich zuerst ins Auge. Sie waren des steifen Zeremoniells enthoben, sich gegen Unbekannte zu beknicksen, denn es war für sie kein fremdes Gesicht im Saal. Mit freundlicher Unbefangenheit wendete sich die gesprächige Dame bald zu dem, bald zu jenem von der Gesellschaft, nannte jeden bei seinem Namen und Charakter, sprach viel vom Herrn von Riesental, bezog sich auf die bei diesem gastfreien Mann mit ihnen allerseits gepflogenen

Unterredungen und wusste sich nicht zu erklären, wohin das fremde und kalte Betragen all der Herren und Damen deuten sollte, die vor kurzem so viel Freundschaft und Vertraulichkeit gegen sie geäußert hatten.

Natürlich geriet sie auf den Wahn, das sei eine verabredete Sache, und der Herr von Riesental würde der Schäkerei dadurch ein Ende machen, dass er unvermutet selbst zum Vorschein käme. Sie wollte ihm trotzdem nicht den Triumph gönnen, über ihren Scharfsinn gesiegt zu haben, und gab dem Finanzrat mit seinen Krücken scherzweise den Auftrag, seine vier Füße in Bewegung zu setzen und den Obersten aus dem verborgenen Hinterhalt hervorzurufen und einzuführen.

Alle diese Reden bewiesen nach der Meinung der Badegesellschaft so sehr eine überspannte Phantasie, dass sie samt und sonders die Gräfin bemitleideten, die nach dem Urteil aller Anwesenden eine sehr vernünftige Frau schien und mit ihren Reden und dem Gang der Gedanken nichts Ausschweifendes verriet, wenn ihre Phantasie nicht den Weg über das Riesengebirge nahm.

Die Gräfin ihrerseits erriet aus den bedeutsamen Gesichtszügen, Winken und Blicken, dass man sie schief beurteilte und dass man wähne, ihre Krankheit habe sich aus den Gliedern ins Hirn versetzt. Sie glaubte, die beste Widerlegung dieses kränkenden Vorteils sei die aufrichtige Erzählung ihres Abenteuers an der schlesischen Grenze. Man hörte sie mit der Aufmerksamkeit, mit der man ein Märchen anhört, das auf einige Augenblicke angenehm unterhält, davon man aber kein Wort glaubt.

»Wunderbar!« riefen alle Zuhörer aus einem Munde und sahen bedeutsam den Doktor Springsfeld an, der verstohlen die Achsel zuckte und sich gelobte, die Patientin nicht eher aus seiner Pflege zu entlassen, bis das mineralische Wasser das abenteuerliche Riesengebirge aus ihrer Phantasie würde weggespült haben. Das Bad leistete indessen alles, was der Arzt und die Kranke davon erwartet hatten.

Da die Gräfin sah, dass ihre Geschichte bei dem Karlsbader Arzt wenig Glauben fand und sogar ihren gesunden Menschenverstand verdächtig machte, redete sie nicht mehr davon, und Doktor Springsfeld unterließ nicht, dieses Schweigen den Heilkräften des Bades zuzuschreiben, das doch auf eine ganz andere Art gewirkt und die Gräfin aller Gicht- und Gliederschmerzen entledigt hatte.

Nachdem die Badekur beendigt war, die schönen Fräuleins sich genug hatten begaffen und bewundern lassen und sich satt und müde getanzt hatten, kehrten Mutter und Töchter nach Breslau zurück. Sie nahmen mit gutem Vorbedacht den Weg wieder durchs Riesengebirge, um dem gastfreien Obersten Wort zu halten, bei der Rückreise bei ihm vorzusprechen; denn von ihm hoffte die Gräfin Auflösung des ihr unbegreiflichen Rätsels, wie sie zur Bekanntschaft der Badegesellschaft gelangt sei, die sich so wildfremd gegen sie gebärdete.

Aber niemand konnte ihr den Weg zum Schloss des Herrn von Riesental weisen, noch war der Besitzer zu erfragen, dessen Name weder diesseits noch jenseits des Gebirges bekannt war. Dadurch wurde die verwunderte Dame endlich überzeugt, dass der Unbekannte, der sie in Schutz genommen hatte, kein anderer gewesen sei als Rübezahl, der Berggeist. Sie gestand, dass er das Gastrecht auf eine edelmütige Art an ihr ausgeübt hätte, verzieh ihm seine Neckerei mit der Badegesellschaft und glaubte nun von ganzem Herzen an die Existenz der Geister, obgleich sie um der Spötter willen Bedenken trug, ihren Glauben vor der Welt offenbar werden zu lassen.

Seit der Vision der Gräfin Cäcilie hat Rübezahl nichts mehr von sich hören lassen. Er kehrte in seine unterirdischen Staaten

zurück, und da bald nach dieser Begebenheit der große Erd-
brand ausbrach, der Lissabon und nachher Guatemala zerstör-
te, seitdem immer weiter fortgewütet und sich neuerlich bis
an die Grundfeste des deutschen Vaterlandes verbreitet hat,
so fanden die Erdgeister so viel Arbeit in der Tiefe, den Fortgang der Feuerströme zu hemmen, dass sich seitdem keiner
mehr auf der Oberfläche der Erde hat blicken lassen.

Denn dass die Länder am Rhein und Neckarstrom auf ihrer
alten Erdscholle noch so grund- und bodenfest stehen wie der
Brocken und das Riesengebirge, das ist das Werk der wachsamen Gnomen und ihrer unermüdlichen Arbeit.

Familien=Blatt. — Verantwortlicher Redakteur Ferdinand Stolle.

„Rübezahl"

Keine Dichtung aus dem Leben eines deutschen Dichters

Von **Ludwig Storch**

Himmelfahrt ist in unserem rauen Norden in der Regel das erste sonnige Frühlingsfest. Jede deutsche Stadt hat ihren besonderen Land- und Vergnügungsort, wohin sie ihre Bevölkerung zu Himmelfahrt schickt. Es ist wirklich eine Fahrt in den irdischen Himmel der jungen Frühlingsfreude. Man muss die lebenslustige Frau eines nicht minder heiteren deutschen Professors sein, der eine starke Ausnahme von der Regel macht und Zopf und Haarbeutel – auch die ideellen und metaphorischen – längst abgeschnitten und dem Teufel der gelehrten Pedanterei zugeschickt hat, obgleich man erst im Jahre 1782 nach Christi Geburt lebt, man muss im schönen Weimar wohnen, wo der junge geniale Herzog Karl August glänzenden Hof hält, wo seine Mutter, die treffliche Herzogin Anna Amalia, selbst noch von den Göttern der Jugend, Anmut und Schönheit umwaltet, in Tieffurth alle Herzen entzückt, wo Adel und Beamtentum Pracht und Wohlhabenheit entfalten und wo der Herr Geheime Rat und Kammerpräsident von Goethe für sinnreiche Feste und poetische Unterhaltung sorgt; man muss das alles so zusammen haben, und wegen Mangels eines modischen Envelöppchens oder eines neuen Hutes zu Himmelfahrt nicht nach Tieffurth zu können, wohin wahrscheinlich die ganze weimarische Welt strömen wird, um nicht ebenso in stiller Verzweiflung zu sein, wie es die Frau Professorin Musäus wirklich war, als nur noch zwei Tage zwischen heute und Himmelfahrt vorhanden waren, aber sich nirgends eine Aussicht zeigen wollte, wie die besagten Paradestücke noch anzuschaffen sein möchten.

Es ist stets ein großes Missverhältnis zwischen der gesellschaftlichen Stellung und der Besoldung der Professoren an den deutschen Gelehrtenschulen gewesen. Sie gehören zu den vornehmen Ständen und sollen mit drei oder vierhundert Talern Besoldung allen Ansprüchen genügen, welche die Welt an diese Stände macht. Jedermann verlangt und die Frau Professorin verlangt es auch, dass sie gerade so geputzt einhergehe, wie die Frau Präsidentin oder die Frau Kommerzienrätin, deren Männer jährlich so viel Tausende einnehmen, wie der Herr Professor Hunderte. Schulden dürfen nicht gemacht werden; denn wovon sollten sie denn bezahlt werden? Und das Oberkonsistorium, die Behörde des Herrn Professors, ist in diesem Punkte abgeschmackt streng, macht in vorkommenden Fällen ganz fatale Abzüge von der Besoldung und droht wohl gar im Wiederholungsfalle mit Absetzung. Da soll's nun an der Bibliothek, am Frühstück und Abendbrot des Herrn Professors erspart werden.

Du liebe Zeit! Das lässt sich der gelehrte Hausvater, wenn er eine gute Haut ist – und deutsche Professoren sind in der Regel gute Häute – eine Zeit lang gefallen, hernach braucht er aber doch Bücher für die geistige und eine Flasche Wein für die leibliche Nahrung (vorzüglich wenn eine so starke poetische Ader in ihm pulsiert, wie in dem lieben trefflichen Musäus), und die Frau Professorin hat feuchte

Augen; denn das Fest rückt heran und der neue Hut fehlt und das Envelöppchen. Diese häusliche Not hat schon manchen guten deutschen Professor zum Schriftsteller gemacht und auf die schlüpfrige Bahn der Öffentlichkeit hinaus getrieben.

Johann Karl August Musäus hatte schon zwanzig Jahre früher als Kandidat des heiligen Predigtamts in Eisenach seine Schriftstellerlaufbahn mit einem guten Roman, dem „deutschen Grandison" eröffnet, worin er mit Glück gegen die Narrheit ankämpfte, welche Richardson's englischer „Grandison" in deutschen Köpfen hervorgerufen, wie heutigentags die köstliche Onkel-Tomelei aus Amerika. Als Professor am Gymnasium zu Weimar hatte er dann vor vier Jahren – so lange hatte er geschwiegen – gegen eine andere grassierende Narrheit, die der gute Lavater aufgebracht und der sich selbst Goethe nicht hatte entziehen können, in seinen „Physiognomischen Reisen", 4 Hefte, angekämpft; aber diese wenigen Schriften hatten ihm begreiflicherweise auch sehr wenig Geld eingebracht.

Die Herren Verleger pflegten vor siebzig Jahren noch weit geringere Honorare zu zahlen als heutiges Tages. Aber in Musäus lebte und webte ein echter Genius, die Besoldung war gering, die Frau hatte kleine Bedürfnisse, und er selbst war ja der gutmütigste Mensch, den Gottes Sonne beschien. So schrieb er denn aus seiner gesunden Seele heraus schöne deutsche Volkssagen in seiner harmlosen, etwas breiten, aber köstlichen Weise, voll satirischer Anspielungen auf geistige Zeitkrankheiten. Sie sollten einen Damm gegen die Tränenflut sentimentaler Romane bilden, welche mit Goethe's „*Werther*" und mit Miller's „*Siegwart*" einige Jahre zuvor über Deutschland hereingebrochen war.

Gegen diese kranke Empfindsamkeit konnte es kein besseres Mittel geben als die gesunde Kost, die Musäus in seinen „Volksmärchen der Deutschen" auftischte. Wer kennt sie heute nicht, diese lieblichen Schöpfungen eines gesunden poetischen Humors, die mit dem treuherzigen Kindeslächeln der Unschuld die süße Schalkhaftigkeit einer reinen Dichterseele vereinigen?

Wer hat sich nicht an ihnen ergötzt in der Jugend und im Alter? Welches unverdorbene Gemüt hat nicht über den neckischen Kobold des Riesengebirges und seine strenge poetische Gerechtigkeit gejauchzt! O Rübezahl, der treffliche Berggeist, der unverhofft und mit den köstlichsten Späßen jedermann nach wahrem Verdienst belohnt, ist in Deutschland erst durch Musäus zu Ehren gekommen! Die deutsche Bildung verdankt den Volksmärchen von Musäus mehr, als man meinen sollte.

Zu jener Zeit war die Ettinger'sche Buchhandlung in Gotha eine der ersten Verlagsbuchhandlungen Deutschlands, und Musäus war veranlasst worden, das Manuskript des ersten Bandes seiner Volksmärchen an Ettinger mit einer sehr mäßigen Honorarforderung zu schicken. Zu seiner und seiner Ehehälfte großen Freude hatte Ettinger das Manuskript für den genannten Preis behalten und das Honorar unverzüglich geschickt. Zu Weihnachten war aber der kleine Schatz schon ausgeflogen, und nun waren Himmelfahrt und Pfingsten vor der Türe, und die Frau Professorin wusste nicht, wovon dies und das Notwendige anschaffen, und der Herr Professor wusste es auch nicht.

Ach, Rübezahl kam nicht nach Weimar! Längst lag ein zweiter Band von den Volksmärchen fertig im Schreibpult, und der Verfasser hatte dieses Umstands mit der beiläufigen Bemerkung, dass ihm der Verkauf dieses Manuskripts sehr erwünscht wäre, an Herrn Ettinger in Gotha geziemende Meldung getan, darauf aber die wenig tröstliche Antwort erhalten, man müsse den Erfolg des ersten Bandes erst abwarten.

Über das Schicksal dieses ersten Bandes war Musäus natürlich ganz in Ungewissheit und er versprach sich davon keineswegs etwas Gutes. Denn alle Welt drohte sich wie Werther zu erschießen und eine nicht geringe Anzahl verrückter Menschen erschoss sich wirklich, oder seufzte, stöhnte und flennte mit „Siegwart", winselte den Mond an und löste sich in tugendhafter Liebe, frommer Schwärmerei und trauernder Empfindsamkeit auf, sodass dafür die technischen Ausdrücke siegwartisieren und siegwartsche Liebe aufgekommen waren. Was man mit Werthern und Lotten für Affenschande trieb, davon kann man sich heute gar keine rechte Vorstellung machen. Es klingt alles wie Fabeln. Das weiße Taschentuch einer Dame von gutem Geschmack musste durchaus feucht sein, so verlangte es die Mode, und man setzte voraus, dass die Feuchtigkeit von Tränen herrühre. Die Romane „Leiden des jungen Werther“ und „Siegwart“ wurden Gott weiß wie vielmal nachgeahmt, und alle diese schlechten Bücher fanden Käufer, das Werther- und Siegwartsfieber schien noch im Steigen begriffen zu sein und die Helden der Romane mussten sich entweder wie Werther erschießen, oder auf dem Grabe der Geliebten in einer Mondscheinnacht vor süßem Schmerz und Sehnsucht umkommen, wie der Klosterbruder Siegwart. Wie durfte eine so unberühmte Feder wie die unseres heiteren, lebensfrohen Musäus gegen diesen Unfug aufzukommen hoffen?

So standen die Dinge im Musäus'schen Hause zwei Tage vor Himmelfahrt. Die Frau Professorin machte ein verdrießliches Gesicht und war sehr schweigsam; der Herr Professor schielte zuweilen nach ihr hinüber, während er sein frugales Frühstück einnahm, und schnitt dann seinerseits ein drolliges Gesicht. Endlich fragte er ironisch: „Soll ich Dir etwa ein lustiges Stückchen vom Rübezahl vorlesen?“

„Ach, davon kommt er nicht ins Haus und bringt uns nichts von seinen Schätzen. Du hast Dich so nobel gegen ihn benommen; er führt sich dagegen schlecht gegen Dich auf. So geht's den Dichtern immer. Sie erfreuen alle Welt; niemand erfreut sie.“

„Das solltest Du in Weimar nicht sagen. Du bist ungerecht.“

„Du bist nicht Wieland, nicht Goethe und nicht Herder. Zu diesen kommt Rübezahl mit vollen Händen, nicht zu uns.“

„Wer weiß? Es ist noch nicht aller Tage Abend“, versetzte Musäus, nahm sein Lehrbuch unter den Arm, pfiff den Dessauer Marsch leise durch die Zähne und verfügte sich zu seinen Tertianern.

Er mochte ungefähr eine Stunde aus dem Hause sein, als ein stattlicher Fremder mit einem sehr ehrlichen und gutmütigen Gesicht, fein und modern gekleidet mit einem Diener hinter sich, der einen großen Karton trug, in dasselbe trat und bei der Frau Professorin anfragte, ob er die Ehre haben könne, den Herrn Professor zu sprechen.

„Mein Mann ist im Gymnasium", versetzte die Frau, „und wird erst in einer Stunde zurückkehren."

„Desto besser", sagte der Fremde. „Dann werde ich mich mit Ihrer gütigen Erlaubnis so lange mit Ihnen unterhalten. Zuvor habe ich aber eine etwas delikate Bitte an Sie zu richten. Meine Gesundheitsumstände verlangen nämlich, dass ich salva venia die Leibwäsche öfter wechsele, und ich fühle mich nicht eher behaglich und zu einer munteren Unterhaltung aufgelegt, bevor ich nicht dieser Pflicht gegen mich selbst genügt habe. Gestatten Sie mir also in einem Zimmer meinem Bedürfnis zu genügen."

Die Frau Professorin fand dieses Verlangen allerdings etwas sonderbar und begriff nicht, weshalb der fremde Herr nicht vorher im Gasthof seinem Reinlichkeitssinn das nötige Opfer gebracht, zumal sie den Diener als Lohndiener eines der ersten Gasthöfe erkannte, jedoch bat der Unbekannte so höflich und benahm sich so fein, dass sie ihm ohne Weiteres ihre Putzstube öffnete. Der Diener stellte den Karton dort ein und empfahl sich.

Der Herr riegelte die Tür zu und hielt sich eine geraume Zeit zurückgezogen. Dann trat er sehr freundlich heraus, setzte sich zu ihr nieder und brachte sie bald zum Plaudern. Da waren es teils die kleinen häuslichen Verhältnisse, teils die größeren öffentlichen, die er ihr so fein, so geschickt, so treuherzig abzufragen verstand, dass sie ihm – sie wusste selbst nicht wie – nicht nur über das eigene Hauswesen detaillierte Mitteilungen gemacht und über die unzureichende Besoldung und die stille Resignation auf kleine freundliche Wünsche geseufzt hatte, sie war auch in glänzende Schilderungen des Hofs und des Adels geraten; sie hatte von den Liebschaften des Herrn Geheimenrats von Goethe mehr fallen lassen, als sie selbst gewollt, über das seltsame eheliche Leben des Herrn Generalsuperintendenten

Herder und dessen Gemahlin einiges gesprochen, was ihr nicht lieb war und über des Hofrat Wielands Eigentümlichkeiten Erörterungen gegeben, die wohl auch besser unterblieben wären; denn sie kannte ja den Herrn, zu dem sie sprach, nicht.

Das alles überlegte sie sich aber erst, als der gute Musäus hereingetreten und sich mit dem Fremden bekomplimentiert hatte. Es war ihr, als habe es ihr der fremde Herr angetan. „Mit wem habe ich die Ehre?“ fragte der Professor.

„Ich bin ein Buchhändler, der von der Jubilate-Messe zurückkehrt. Mein Name tut vor der Hand nichts zur Sache, doch sollen sie ihn nachher erfahren. Ich habe da Ihre Volksmärchen der Deutschen gelesen und möchte Ihres eigenen Besten wegen wohl mit Ihnen über Ihre Schriftstellerei reden.“

„Wissen Sie wohl, wie das Büchlein gegangen ist? Hat wohl Herr Ettinger einigen Absatz erzielt?“, fragte Musäus etwas ängstlich.

„Das ist’s eben, weshalb ich zu Ihnen komme. Mein Freund Ettinger hat schlechte Geschäfte mit Ihren Märchen gemacht. Das ist kein Artikel, wie ihn die heutige Lesewelt verlangt.“

„Ich dachte es mir gleich“, sagte Musäus resigniert; die Frau Professorin hatte aber plötzlich ihre ganze Munterkeit verloren. „Herr Ettinger wird Schaden an dem Buch gehabt haben; ich werde ihm den zweiten Band ohne Honorar überlassen. Ich kann nicht zugeben, dass er durch mich zu Schaden kommen soll.“

Die Frau Professorin seufzte und eine Träne des Unmuts stieg ihr ins Auge. Sie verwünschte im Stillen den Fremden, der sie so schlau ausgefragt und dafür so schlechten Trost ins Haus brachte.

„Ja, lieber Herr Professor, mit einem zweiten Band Märchen wird meinem Freund Ettinger nicht gedient sein. Damit können Sie ihn nicht entschädigen, er würde ja nur noch größeren Verlust haben.“

„Sie sind also ein Beauftragter des Herrn Ettinger an mich, mit mir zu unterhandeln?“

„Gewissermaßen, ja.“

„Er hat mir wohl die Hiobspost nicht selbst bringen wollen?“

„Er wird aber doch selbst kommen. Erst muss ich mit Ihnen reden, Herr Professor. Sie haben ein schönes Talent; Sie würden gewiss einen guten Roman à la Werther oder Siegwart schreiben. Damit würden Sie nicht nur meinen Freund Ettinger hinlänglich entschädigen, sondern er würde Ihnen auch ein ansehnliches Honorar herauszahlen. Was meinen Sie dazu? Der Held muss aber durchaus vor schwärmerischer Liebe auf unnatürliche Weise umkommen. Was die Flammen der Sehnsucht nicht verbrannt haben, das muss in den Tränenbächen der Schwärmerei ertrinken. Je mehr unvergleichlich herrliche und vollkommene Menschen Sie auf diese Weise umbringen, desto reichlicher wird das Honorar sein, welches Ihnen Freund Ettinger zahlt.“

Die Frau Professorin warf einen halb bittenden, halb auffordernden Blick auf ihren Gatten, um die beanspruchten mörderischen Entschlüsse in ihm zur Reife zu bringen, und ihre Augensprache enthielt etwas von dem mangelnden neuen Hut und dem entbehrten Envelöppchen.

Aber der wackere Musäus, obgleich von beiden Seiten bestürmt, schüttelte lächelnd den frisierten und gepuderten Kopf, dass ihm der Haarbeutel wackelte und sagte: „Nein, mein Herr! Zu einem solchen Fabrikat kann ich mich nimmer verstehen. Das ginge mir wider die Natur, und mir würde zu Mut sein wie einer Katze, der man das Fell aufwärts streicht. In dem ganzen literarischen Bettel dieser Nachahmungen ist ja nicht für einen Pfennig Wahrheit. Mögen die Herren Romanschreiber ihre in Tränen geweichte und am Sehnsuchtsfeuer wieder getrocknete Makulatur noch so teuer verkaufen, mich gelüstet's nicht nach ihrem larmoyanten Verdienst. Ich werde wohl noch Mittel und Wege ausfindig zu machen wissen, wie ich Herrn Ettinger auf eine für mich ehrenvollere Weise entschädigen kann. Sagen Sie ihm, dass ich seinen Schaden durchaus nicht hinnehme; ehe ich ihm aber eine Wertheriade oder Siegwartiade schreibe, will ich mir die Entschädigung lieber von meiner knappen Besoldung absparen. Meinst Du nicht auch, liebe Frau, und sollten all Deine Hoffnungen auf Hüte und Enveloppen verduften? Geld verloren: nichts verloren; Ehre verloren: alles verloren! Und der wirft seine Ehre von sich, der etwas gegen seine bessere Überzeugung tut. Sprechen wir von anderen Dingen!"

Das sonst so heitere, lachende Gesicht des Dichters war sehr ernst geworden und sah recht würdig und stolz aus.

Die Augen des Buchhändlers leuchteten von heller, lichter Freude. „Ja wohl!", rief er mit der heitersten Laune, welche mit dem besprochenen Gegenstand und Musäus' Redeton im schneidendsten Kontrast stand. „Von anderen Dingen also! Kommen Sie doch beide mit mir in dieses Zimmer da, welches mir die Frau Professorin vorhin auf kurze Zeit abzutreten die Güte gehabt hat; denn ich kann in der Tat die Unterhaltung, über die anderen Dinge, die ich mit Ihnen besprechen möchte, nur im Putzzimmer der Frau Professorin führen."

Das Ehepaar sah sich über diese rätselhafte Rede verwundert an; ihre Verwunderung stieg aber zum höchsten Erstaunen, als sie mit dem ungenannten Gast in das Nebenzimmer traten. Da stand nämlich der große Gesellschaftstisch in der Mitte der Stube und war über und über mit großen französischen Laubtalern bedeckt, sodass auch kein Räumchen mehr übrig war, auf das man einen weimarischen Sechser hätte legen können, und diese Münze war doch bekanntlich sehr klein. Daneben aber auf dem Federkanapee lag ein prächtiger Stoff zu einem modernen Sommerdamenkleid und ein anderer zu einer Enveloppe und endlich ein neuer Damenhut nach der neuesten Mode. Kurzum, es sah aus, als ob Rübezahl beschert hätte.

„Mein lieber Herr Professor und hochgeschätzte Frau Professorin", nahm der Fremde das Wort, „ich gebe mir die Ehre, mich Ihnen als den Buchhändler *Ettinger* von Gotha selbst vorzustellen und Sie zum Erfolg Ihrer Volksmärchen zu beglückwünschen. Lassen Sie sich umarmen, trefflichster Mann, der mich eher von seiner knappen Besoldung für meinen vermeintlichen Verlust entschädigen als dem miserabeln Modegeschmack huldigen und ein Buch gegen seine Überzeugung schreiben wollte! Das ist wahre Ehrenhaftigkeit, und dies hat ein gütiges Geschick an Ihnen auf eine glänzende Weise belohnt, wie es nicht immer zu tun pflegt. Ja, wackerer Ehrenmann, die gesunde Kost, die Sie dem deutschen Volk vorgesetzt, sagt ihm auf das Werther- und Siegwartsfieber und die in Tränensauce aufgetischten Zuckerbäckereien, an welchen es sich seither den Magen verdorben hat, ganz vortrefflich zu. Ich hatte selbst kein Vertrauen zu Ihren Volksmärchen und ließ nur eine kleine Auflage drucken.

Kaum war aber diese versandt, als von allen Seiten neue Bestellungen einliefen, erst kleine, bald größere, immer größere, immer bedeutendere. Ich ließ eine zweite Auflage machen, aber vor Weihnacht war auch diese schon vergriffen und ich musste schnell eine sehr große dritte drucken lassen. Ich kann die Bestellungen kaum befriedigen; der Absatz ist fabelhaft.

Sie haben zur rechten Zeit den rechten Ton angeschlagen; die Welt ist die Selbstmördergeschichten und die tränenfeuchte Mondscheinsphantasien müde und labt sich an Ihren einfachen und natürlichen Märchen. Der Umschwung ist großartig und der Gewinn an Ihrem Buch ein bedeutender. Als ein redlicher Mann teile ich denselben mit Ihnen, wie es recht und billig ist und wie es mir mein Gewissen vorschreibt. Hier liegt die Hälfte des Gewinnes. Zählen Sie den Schatz und streichen Sie ihn ein."

„Herr Ettinger!" rief der Autor, dem zu Mute war, als sei er geraden Wegs aus den Wolken auf die Erde herabgefallen, „Herr Ettinger, wie ist das möglich! So außerordentlich ist der Absatz meines bescheidenen Büchleins gewesen? Wer hätte so etwas denken sollen? Ich kann es noch gar nicht fassen!"

„Fassen Sie nur zu und zwar den klingenden Beweis!"

„Das ist ja ein ganzes Blumenbeet voll köstlicher Lilien!"

„Die nicht über Nacht verblühen und verwelken."

„Aber wie kann ich denn diesen Lilienthaler annehmen? Sie haben mir ja das geforderte Honorar für die Märchen richtig bezahlt. Sie sind mir ja nichts schuldig."

„Andere Verleger mögen wohl so denken, nicht ich, Herr Professor. Wie? Ich wäre Ihnen vor Gott und meinem Gewissen nichts schuldig von dem Gewinn, den ich ganz allein Ihrem Geiste zu verdanken habe? Ich würde mich der größten Sünde fürchten, wenn ich dieses Geld behielte; es würde mir die Ruhe meines Lebens rauben. Nehmen Sie es in Gottes Namen, denn Sie dürfen es nehmen; es ist Ihr redlich erworbenes Eigentum. Sie wollten mich ja für meinen vermeintlichen Verlust entschädigen, redlicher Mann; also gehört Ihnen auch die Hälfte des gemachten Gewinnes. Glauben Sie, ich werde mich von Ihnen beschämen und an Redlichkeit und Treue übertreffen lassen? Nein; glücklicherweise lag das Geld schon hier aufgezählt, als sich mir Ihr redliches Herz in seiner ganzen Schönheit offenbarte!"

„Geben Sie mir Ihre Hand, Herr Ettinger. Sie sind ein echter deutscher Ehrenmann!"

„Ich bin stolz auf diese Anerkennung eines echten deutschen Ehrenmannes."

Und Dichter und Verleger der Volksmärchen umarmten und küssten sich; die Frau Professorin, welche seither ein Mal über das andere Mal die Hände vor Verwunderung zusammengeschlagen und Freudentränen vergossen hätte, überflog mit den Augen nicht nur die Blumen, die auf dem Tische blühten, auch die auf dem Kanapee musterte sie mit freudestrahlenden Kennerblicken, bis sich der redliche Buchhändler jetzt an sie mit den Worten wandte: „Wertgeschätzte Frau Professorin, Sie können unmöglich verlangen, dass ich Ihr Putzzimmer umsonst annehme. Sie müssen mir schon erlauben, ein Weniges zu Ihrem Putz beizutragen."

„Rübezahl! Rübezahl!" rief Musäus schelmisch lachend und schabte seiner Frau schadenfroh ein Rübchen. „Hab' ich dies nicht diesen Morgen gesagt: Er kann auch zu uns kommen. Siehe, hier steht er leibhaftig!"

„Ach, was für ein Schelm sind Sie!" rief die Frau entzückt. „Wie haben Sie mich angeführt! Ja, wahrlich, wie der neckische Geist Rübezahl in den Volksmärchen sind Sie in unser Haus gekommen und haben uns mit Schätzen überschüttet. Mein Mann hat eine Ahnung gehabt."

„Die Dichter sind Seher!“, lachte Musäus und erzählte die Geschichte dieses Morgens.

„Ich muss freilich um Verzeihung bitten, dass ich aus meiner Rolle als Verleger gefallen und in die des Dichters gepfuscht habe“, sagte Ettinger und küsste der Frau Professorin artig die Hand.

„Wahrlich dieser Dichter und dieser Verleger gehören zusammen!“ rief Musäus und weinte die süßesten Freudentränen wie ein vom Glück berauschtes Kind.

„Frau, schaffe Wein herbei! Ich muss mit diesem Schweizer eine Lanze brechen.“

„Nur die Becher, wenn ich bitten darf; drei Stück“, sagte Ettinger; „der Wein ist schon da.“ Und er zog zwei Flaschen Rheingauer aus dem Karton hervor.

„Rübezahl! Rübezahl! Wohltätiger Geist! Du hast an alles gedacht, um ein armes Dichterherz und das seines Alter Ego zu erfreuen. Sei gesegnet, treue Seele, für diese schöne Stunde!“

Und der Wein perlte in den Gläsern und floss als Öl in die aufschlagende Flamme der glücklichen Geister. Die drei fröhlichen Menschen umarmten sich, tranken und küssten sich, und Musäus brach plötzlich in den alten lieben Gesang aus:

„Gaudeamus igitur, juvenes dum sumus.“

Als Ettinger nach ein paar fröhlich durchlebten Stunden, die er in dieses Haus gebracht, wieder aus demselben schied, hatte er das Manuskript des zweiten Bandes der Volksmärchen unter dem Arm.

Das war die schönste Himmelfahrt, welche jemals die Frau eines deutschen Dichters erlebt hat. Nie beschattete ein neuer Hut seliger strahlende Augen, und nie umhüllte ein modernes Envelöppchen ein glücklicheres Frauenherz, als Professor Musäus sein Weibchen innig küsste und mit ihr nach Tieffurth fuhr.

O, hätte der ehrliche Ettinger viele würdige Nachfolger gehabt, die edelsten Herzen hätten es dem Vaterland durch die schönsten Taten gedankt, durch große und bedeutende Schöpfungen!

– Die Gartenlaube, Heft 45–46, Verlag Ernst Keim, Leipzig 1853

Bildnachweis

Die Holzstiche von Ludwig Richter erschienen in:
Volksmährchen der Deutschen, Verlag Julius Klee, Leipzig 1842

Das Frontispiz von Henry Justice Ford erschien in:
The Brown Fairy Book, Longmans, Green and Co, London 1904

Das Umschlagbild und die Farbbilder von Wilhelm Stumpf erschienen in:
Märchen von Rübezahl, Verlag G. Nister, Nürnberg 1914

Die Zeichnungen von Max Slevogt erschienen in:
Legenden von Rübezahl, Verlag Bruno Cassirer, Berlin 1919

Glossar

angemaßt – ohne Berechtigung in Anspruch genommen

Aufputz – auffallender Schmuck

ausstaffieren – schmücken, verzieren

bänglich – angstvoll, schrecklich, ängstlich

Batzen – historische schweizerische, süddeutsche und
    österreichische Münze

Bein – hier: Gebeine, Knochen

Beutelschneider – im Mittelalter ein Dieb, der den am Gürtel
    hängenden Geldbeutel abschnitt; Taschendieb

Blachfeld – ebenes, mit Bäumen besetztes Feld

bläuen und zupfen – verbläuen, grün und blau schlagen

Bleuel – hölzerner Schlägel zum Klopfen von nasser Wäsche

Braupfanne – auch Braukessel oder Sudkessel: eine Anlage,
    die zum Bierbrauen benötigt wird

Brautjungfern – Frauen, die der Braut am Hochzeitstag zur
    Seite stehen

Breslau, polnisch Wroclaw – die Hauptstadt der polnischen
    Woiwodschaft Niederschlesien

Brusttuch - weibliches, schalähnliches Kleidungsstück

Buhle – Geliebter

Butterkringel – mit Butter zubereitetes ringförmiges Gebäck

Corpus Delicti – das Tatwerkzeug, mit dem eine Straftat
    begangen wurde und das dem Gericht als Beweisstück
    dient

Daumenstöcke – auch Daumenschrauben, ein
    Folterinstrument zur Erzwingung von Geständnissen, bei
    denen die Finger in eine Zwinge gespannt werden, deren
    Backen zunehmend zusammengepresst werden, was
    neben extremen Schmerzen zu Brüchen und bleibenden
    Schäden führen kann

den Daumen aufs Auge halten, drücken, setzen – jemanden
    mit grober Gewalt zu etwas zwingen

Dessauer Marsch – ein langsamer Infanteriemarsch

Dicktaler – Taler im Gewicht eines Talers, aber mit
    kleinerem Durchmesser und größerer Dicke. Taler, deren
    Durchmesser bei gleichem Münzgewicht größer als der
    normale Taler sind, werden breiter Taler genannt.

Engelgroschen – siehe Schreckenberger

Engelsgruß – das Avemaria

Envelöppchen – kleiner Umhang der damaligen Mode

erfrechen – sich erdreisten, anmaßen, erkühnen, erlauben

Filz – umgangssprachlich: Geizkragen, Knauser

filzig – geizig

Flecken – eine kleinere, aber lokal bedeutende Ansiedlung

foppen – im Scherz etwas sagen, was nicht stimmt, und
    einen anderen damit irreführen, ärgern, nasführen, necken,
    veralbern

fouragieren – Verpflegung herbeischaffen

Frauenglas – auch Marienglas, Selenit oder Spiegelstein,
    eine Art Gips von besonders hoher Reinheit mit großen,
    durchsichtigen Kristallen

geflissentlich – scheinbar unabsichtlich, in Wahrheit jedoch
    ganz bewusst, mit einer ganz bestimmten Absicht

Gerichtsfrohn – Gerichtsdiener

Geschmeide – hier: die Fesseln

Geschwader – Verbände bei Marine und Luftwaffe

Gespiele – Spielkamerad

Gottestischrock – ein meist schwarzer Rock, in dem man an
    den Gottestisch, das heißt zum Abendmahl geht

Grandison – der Briefroman „Grandison der Zweite", in dem
    Musäus den sentimentalen Roman „Geschichte des Sir
    Charles Grandison" von Samuel Richardson parodiert

Halsgericht – im späten Mittelalter Gericht für schwere
    Verbrechen
Harm – zehrender, großer innerlicher Schmerz, Kummer;
    Gram
harmvoll – gramerfüllt
Heckschlehen – Schlehen dienen oft als Schlehenhecke zur
    Umfriedung eines Grundstückes
Hecktaler – von althochdeutsch hecken: ,vermehren‘,
    ,fortpflanzen‘; ein Geldstück, das sich im Geldbeutel
    vermehrt oder stets zum ersten Besitzer zurückkehrt und
    dafür sorgt, dass dessen Geldbeutel nie leer wird
Heiderauch – auch Höhenrauch, Haarrauch, Landrauch,
    Sonnenrauch – eine Trübung der Atmosphäre in relativ
    großer Höhe
heischen – bitten, fordern, verlangen
Herbstzeitlose – stark giftige, im Spätsommer bis Herbst
    blühende Blume, die mit herbstblühendem Krokus
    verwechselt werden kann
Heuschlag – Heuernte
Hirschberg, polnisch Jelenia Góra – eine Stadt in der
    polnischen Woiwodschaft Niederschlesien
Hochgericht – Hinrichtungsstätte, Galgen
Höllbank – der Platz zwischen Ofen und Wand
Hufe – auch Hube, Hubel, ein Bauernhof mit der
    dazugehörigen Nutzfläche
Karfreitagsgröschel – eine schlesische Münze, die die
    Fürsten von Liegnitz prägen und am Karfreitag als Almosen
    verteilen ließen
Kaskade – in Form von Stufen künstlich angelegter Wasserfall
Kirchspiel – ein Pfarrbezirk, dem mehrere Ortschaften
    zugeordnet sind
kirre – gefügig, zahm

Klafter – die Länge, die ein Erwachsener mit ausgebreiteten
    Armen greifen kann
Kredenzschale – kostbar verzierte Schale zum Anbieten von
    Speisen und Getränken
Kredo – Glaubensbekenntnis
Lauban – eine Stadt in der polnischen Woiwodschaft
    Niederschlesien
Lavater – (1741 – 1801), berühmt durch seine
    „Physiognomischen Fragmente zur Beförderung der
    Menschenkenntniß und Menschenliebe" (1775 – 78), in
    denen er Anleitung gab, verschiedene Charaktere anhand
    der Gesichtszüge und Körperformen zu erkennen
ledig – frei, leer, ungebunden
Maßliebchen – die veredelte Schwester des Gänseblümchens
Miller's „Siegwart" – Johann Martin Miller (1750 – 1814)
    wurde durch seinen Roman Siegwart berühmt, eine
    Klostergeschichte, mit der er einen der erfolgreichsten
    deutschsprachigen Romane des 18. Jahrhunderts verfasste
Minnetrieb – Liebestrieb
Obdach – Unterkunft, Behausung
Oberkonsistorium – die kirchliche Verwaltungsbehörde
Odergrund – das Tiefland, durch das die Oder fließt
Onkel-Tomelei – das Onkel-Tom-Syndrom: ein unterwürfiges
    Verhalten von Afroamerikanern gegenüber Weißen, wie
    es der Roman „Onkel Toms Hütte" der amerikanischen
    Autorin Harriet Beecher Stowe (1811 – 1896) schildert
Pächter – jemand, der zum Beispiel ein Grundstück gepachtet
    hat, auf dem er Früchte zum Verkauf anbauen darf
Paladin – treuer Gefolgsmann, Anhänger
Paternoster – Vaterunser
Patron – Schutzherr, Schirmherr
Pfortenring – Klopfring an einer Tür

Pischon – einer der vier Flüsse im Garten Eden

Pöbel – ungebildeter, unkultivierter Mensch aus der gesellschaftlichen Unterschicht

Popanz – eine nicht ernst zu nehmende Schreckgestalt, künstlich hergestellte, ausgestopfte Gestalt, die Furcht, Einschüchterung oder ähnliches hervorrufen soll

Postillon – der Gespannführer einer Postkutsche zur Brief- und Personenbeförderung

Ränke – eine Handlungsstrategie, um anderen Schaden zuzufügen oder sie gegeneinander aufzuhetzen

Rasenrain – eine Weide, die zum Grasen genutzt wird

Ratibor, polnisch Racibórz – eine Stadt in der polnischen Woiwodschaft Schlesien

Reisiger – berittener Soldat zu Pferde

Riechglas – ein Fläschchen mit belebenden Aromaölen, das unter die Nase gehalten wird

Riesengebirge – das höchste Gebirge Schlesiens und Tschechiens

Rocken – ein meist stabförmiges Gerät, an dem beim Spinnen die noch unversponnenen Fasern befestigt werden

Salva venia – lat. mit Verlaub, mit Ihrer Erlaubnis

Schäkerei – Scherz, Getändel, Schäkern, Neckerei

Scheideweg – Weggabelung

Scherflein – kleiner Geldbetrag als Spende, ein Scherf war eine bis ins 18. Jahrhundert genutzte geringwertige Silber-, später auch Kupfermünze mit dem Wert von etwa einem halben Pfennig

Schimpf – Beleidigung, Demütigung, Schmach

Schlafgeld – Geld für die Übernachtung in einer Herberge

Schmer – Bauchfett, besonders beim Schwein

Schnepper – lanzettförmige Nadel zur Entnahme von Blut, die durch Auslösen einer Feder nach vorne schnellt

Schock – 60 Stück

Schreckenberger – eine Silbermünze, die von 1498 bis 1571 in
    Sachsen geprägt wurde, anfangs aus der Silbermine des
    Schreckenberges. Auf der Vorderseite ist ein Engel mit
    dem sächsischen Kurschild mit gekreuzten Schwertern
    abgebildet, weshalb die Münze auch als Engelgroschen
    bezeichnet wurde.

Spitzglas – spitz zulaufendes Trinkglas, besonders Sektglas

Stadtvogt – ein vom Stadtherrn eingesetzter Verwalter und
    Aufseher über eine Stadt

stäupen – öffentlich auspeitschen

Stock – Fußblock: zwei Bretter mit Löchern, in denen die
    Fußgelenke festgeklemmt wurden, sodass der Angeklagte
    nicht fliehen konnte

Strietzel – längliches, meist geflochtenes Hefegebäck

Tafelgemach – Speisesaal, worin ein vornehmer Herr tafelt

Tagwasser – an der Oberfläche stehengebliebenes
    Regenwasser oder zu Tage tretendes Grundwasser

Tertianer – Schüler einer Tertia, der achten und neunten
    Schulklasse eines Gymnasiums

Tieffurth, heute Tiefurt – der ehemalige „Musenort“ der
    Weimarer Hofgesellschaft mit Schloss und weitläufigem
    Park, ab 1781 Sommersitz der Herzogin Anna Amalia von
    Sachsen-Weimar und Eisenach, wo sie zahlreiche Gäste,
    darunter Goethe, Herder, Wieland und Schiller, empfing

Tropf – armer, bedauernswerter, einfältiger Mensch

Tunkagras, Schwallenzagel und Marienflachs – seltene und
    schöne Gebirgspflanzen im Riesengebirge

übergüldet – golden glänzend, vergoldet

urbar – für die landwirtschaftliche Nutzung geeignet

vierzehn Nothelfer – drei weibliche und elf männliche Heilige
    aus dem zweiten bis vierten Jahrhundert

von wannen – woher

Wagestück – großes Wagnis; wagemutiges Unternehmen

Wallfahrt – Fahrt oder Wanderung zu einer heiligen Stätte,
einem Wallfahrtsort

ward – wurde

Weberbaum – eine Rundstange oder Walze, an der beim
antiken, aufrecht stehenden Gewichtswebstuhl die
Kettfäden oben aufgehängt sind

weiland – ehedem, einstmals, früher, seinerzeit, vormals

welsch – fremdländisch, besonders romanisch, südländisch

Werther – nach der Veröffentlichung im Jahr 1774 von
Goethes Roman „Die Leiden des jungen Werthers", in
dem Werther aus Liebeskummer Selbstmord begeht, und
seiner zahlreichen Nachahmungen trat eine Welle von
Selbstmorden auf, das „Werther-Syndrom"

Wildemannstaler – Taler mit Abbildung eines wilden Mannes,
der erstmals als Wappenhalter auf Münzen von Erich II.
(1540 – 1584) auftauchte. Eine besondere Form des
Wildemannstalers ist der 1643 geprägte Hausknechtstaler.

Windrose – eine kreisförmige Grafik zur Darstellung von
Wind- und Himmelsrichtungen

wuchern – sich im Wachstum übermäßig stark ausbreiten,
vermehren

Zehrpfennig – eine kleine Geldsumme zum Unterhalt auf der
Reise oder an einem fremden Ort

Zehrung – Nahrung, besonders für die Reise, Proviant

Zinne des Berges – schroffe Felszacke, Bergkamm

Zofe – eine in den Diensten einer hochgestellten, meist
adligen Herrschaft stehende Dame, die der Herrin des
Hauses in ihren Privatgemächern beispielsweise beim
Ankleiden diente

Leseproben und Bestellung auf alfa-veda.com

Leseproben und Bestellung auf alfa-veda.com